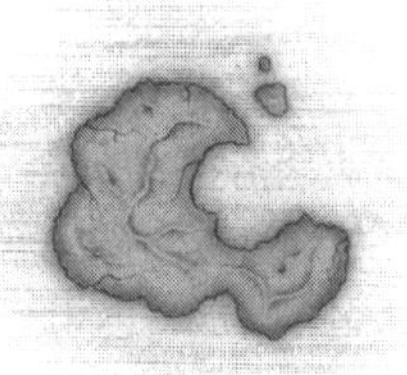

Andi Weiss

# INSELTAGE

Eine kleine Geschichte vom Glück,
das Leben neu zu begreifen

adeo

*Wie oft sind es erst die Ruinen,*
*die den Blick freigeben auf den Himmel.*

Viktor E. Frankl

# Inhalt

# Angespült

Ich versuchte meine Augen zu öffnen, fühlte mich aber viel zu schwach. Mein Herz tobte – es raste – wollte irgendein Rennen gewinnen, eine Schlacht schlagen, ein Ziel erreichen. Gut, von mir aus! Darauf wollte ich mich gerne einlassen. Ich war ein Kämpfer!

Ich war es gewohnt, mir selbst hohe Ziele zu stecken – und sie auch zu erreichen. Aber welche Aufgabe wurde mir hier gerade gestellt? Welches Spiel spielte das Schicksal mit mir? Ich kannte weder den Weg noch das Ziel. Wusste nichts, rein gar nichts. Lebte ich überhaupt noch? Wo war ich? Ich lag, irgendwo, konnte mich nicht bewegen, versuchte mich aufzurichten – erfolglos.

Dieses Gefühl, nichts mehr tun zu können, aber zugleich auch nichts mehr leisten zu müssen, machte mir Angst – doch im selben Moment schmeckte dieser Zustand befreiend, entlastend, Ohnmacht und Erlösung zugleich, wie das Nirwana im Nirgendwo – einfach nur leicht.

Und dann war alles wieder Nacht.

Rabenschwarze Nacht.

Irgendwann wurde ich wieder wach – musste wohl Stunden geschlafen haben. Ich spürte die warme Sonne nicht mehr auf meiner Haut. Alles schmerzte. Die Sonne hatte meinen Körper verbrannt, das Salzwasser biss in den offenen Wunden. Mein einziger Wunsch: ein Königreich für eine Süßwasserdusche! Jetzt, sofort! Oder noch lieber: sterben!

„Gott, wenn es dich gibt …“ – ich kannte diese Worte aus kitschig-amerikanischen Filmen. Dann, wenn die Situation aussichtslos schien, dann, wenn der Drehbuchautor keinen Ausweg mehr sah. Dann, ja dann fingen die Menschen an, auf das große Wunder zu hoffen. Dann wurde die Variable X ins Spiel gebracht, die Notbremse gezogen, der Feuerlöscher von der Wand gerissen. „Gott, wenn es dich gibt …“, stammelte ich und war selbst überrascht, diese Worte zu sprechen.

Ich spürte keinen Lebenshunger mehr. Ich konnte nicht mehr, hatte keinen Drang, keine Energie, kein Verlangen mehr. „… wenn es dich gibt … dann … dann lass mich endlich sterben. Erlöse mich!“

Dumpfe Geräusche drangen an mein Ohr. Es zischte und knackte. Rauch stieg in meine Nase. Brannte da ein Feuer? Ich versuchte meine Augen zu öffnen, war aber viel zu schwach, um meinem Körper Befehle zu erteilen.

Ich lauschte …

War da noch jemand? Da war doch noch jemand! Aber wer?

„Konzentrier dich! Streng dich an!“, befahl ich mir wortlos. Ich kramte in den hintersten Regionen meiner ausgelaugten Synapsen, wollte mich erinnern, suchte Bilder und Zusammenhänge. Doch da war nichts. Nur Leere. Geschmacklose, dunkle, kalte Leere.

Wenn ich mich wenigstens an meinen Namen erinnern könnte. Leon? Nein, Leon hieß ich nicht. Oder doch? Wie kam ich denn auf Leon? Doch, doch: Leon. Ich war mir da ganz sicher. Langsam kamen Bilder, die sich in meinem Gehirn wirr aneinanderreihten. Mein Zuhause. Meine Frau. Meine Kinder. Mein Chef. Mein Büro. Mein Boot.

Halt, mein Boot! Wo war mein Boot? Ich wurde panisch, versuchte zu schreien – aber aus meiner trockenen Kehle kam nur ein leises Stöhnen. Ich wollte mich zur Seite rollen, wollte mich aufrichten, irgendwie bewegen – aber mein Körper gehorchte mir nicht. Wie bei einem langweiligen Diavortrag schoben sich langsam verschwommene, unvollständige Bilder vor mein inneres Auge und erzählten mir schemenhaft die Geschehnisse der vergangenen Tage.

Mein Boot. Ich hatte es für mich bauen lassen. Heimlich. Es hatte mich eine Menge Geld gekostet. Dann kam der Tag, an dem mein Verlangen zu fliehen über die Vernunft siegte. Ich wollte weg. Möglichst weit weg. Wollte fliehen – so wie jetzt auch. Aber ich konnte mich nicht bewegen! Mein ganzer Körper war wie gelähmt. Verzweifelt versuchte ich um Hilfe zu schreien, irgendwie musste ich mich doch bemerkbar machen!

„Trink!"

Was war das? Dieses Geräusch klang anders als das Knacken des Feuers.

„Trink!"

Wieder hörte ich den gleichen, rauen Ton.

Jemand, etwas – stieß mich an. Mehrmals.

Plötzlich floss kaltes Wasser über meine ausgetrockneten Lippen. Und wieder wurde es tiefe, rabenschwarze Nacht um mich herum.

# Khalil, der Inseleremit

Ich kam zu mir, öffnete langsam meine Augen. Mein Körper schmerzte immer noch. Endlich hatte ich genug Kraft, um mich aufzurichten. Wie lange hatte ich wohl geschlafen? Ich sah Wasser – überall nur Wasser. Langsam drehte ich meinen Kopf zur Seite und versuchte meine Umgebung im hellen Schein der heißen Mittagssonne wahrzunehmen: Da war eine Bucht, dahinter die Umrisse einer sanften Hügelkette, am Horizont ein hoher Berg und Palmen, überall Palmen.

War ich tot? War das hier das Paradies?

Vor meinen Augen tauchte eine Gestalt auf. Ein Mann. Ich konnte ihn zunächst nur verschwommen wahrnehmen, doch mit der Zeit nahm sein Gesicht immer mehr Konturen an. Er hatte sonnengebräunte, zerfurchte Haut, wie gegerbtes altes Leder. Seine schneeweißen Haare waren zu einem Zopf zusammengebunden. Sein Bart spross ihm aus dem Gesicht und hing wallend über seiner Brust. War er mein Retter? Er hob ein Buschmesser über seinen Kopf. Erschrocken wich ich zurück. Der Alte ließ das Messer krachend auf eine Kokosnuss niedersausen. Zack! Ein Teil der Schale war abgesprungen. „Trink!" Er reichte mir die Nuss und grinste über beide Ohren. Durstig schüttete ich die kühle Milch mit zitternden Händen in mich hinein. Der Alte zerteilte eine weitere Nuss und ich nagte den weißnassen Inhalt gierig aus der Schale.

„Ich bin Khalil“, sagte der Fremde und hob eine Hand zum Gruß. „Und du, wie heißt du?“

„Leon“, erwiderte ich zögernd. „Aber ich weiß nicht, wie noch …“ Ich versuchte mich zu konzentrieren – aber scheinbar hatte ich meinen Nachnamen tatsächlich vergessen.

„Das macht nichts!“, sagte der Eremit. „Dein Vorname ist viel wichtiger. Er sagt dir, wer du bist. Dein Nachname sagt dir, wohin du gehörst. Wer nicht weiß, wer er ist, kann nirgendwo dazugehören.“

Der Alte sprach diese Worte ganz beiläufig, wie selbstverständlich vor sich hin. Wer war dieser Mann? Misstrauisch beobachtete ich ihn aus den Augenwinkeln.

Doch Khalil schien sich daran nicht zu stören. „Leon, der Löwe!“ Er pfiff durch die Zähne. „Der König der Tiere!“ Der Alte formte seine Hände zu imaginären Raubtierpfoten, trommelte gegen seine Brust und stieß einen beängstigenden Schrei aus. „Bist du so ein Kämpfer, Herr König?“ Er boxte mir herausfordernd in die Seite und kicherte heiser.

„Schön wär's! Eigentlich bin ich ein ganz großer Verlierer“, gestand ich traurig.

„Aber du bist doch mutig! Du hast ganz alleine die Welt umsegelt! Du hast dich in große Stürme gewagt …!“

„… und bin untergegangen!“, unterbrach ich ihn. „Meine Reise war keine Mutprobe, sondern eine Flucht. Ich wollte nur weg. Weit weg! Ich bin ein elender Versager!“ Mir stiegen Tränen in die Augen. Ich war zu schwach, um meine Situation jetzt noch schönreden zu können. Ich hatte keine Kraft mehr, dieses perfekte Bild von mir, an dem ich jahrzehntelang sorgfältig gefeilt und geschliffen hatte, weiterhin aufrechtzuhalten. Und so begann ich zu erzählen. Von mir. Von meiner Geschichte. Von meiner Flucht und von meinem Untergang. Ich ließ nichts aus, leerte mein Herz, holte jedes noch so kleine Detail aus den hintersten Winkeln meiner Seele. Als ich endlich, nach langer Zeit und vielen Worten schloss, war ich erleichtert.

Nun war es raus.

Khalil schwieg.

Der Alte hatte die ganze Zeit wortlos aufs Meer geblickt. Noch immer rührte er sich nicht. Hatte er mir überhaupt zugehört? Langsam begann es zu dämmern. Die Wellen umspielten sanft die letzten Sonnenstrahlen, die auf der Meeresoberfläche tanzten. Das Licht brach sich in immer neuen Formen und zauberte ein Kunstwerk aus tausend und abertausend Farben.

Ein Schwarm exotischer Vögel flatterte im fahler werdenden Licht dem Horizont entgegen. Ich wurde nervös und unsicher, hielt diese Stille nicht mehr aus. „Aber sag mir, Khalil, wo bin ich hier?"

Endlich brach er sein Schweigen. „Man nennt diesen Ort die *Scheiterinsel*!", antwortete er. „Viele Menschen sind hier schon gestrandet. Viele wollten weg von zu Hause, so wie du! Sie wollten vor sich selber fliehen oder suchten das große Glück, Erfolg, Reichtum, einen Neuanfang ... was auch immer, such dir was aus. Manche landen hier, ohne in ihrem Leben jemals wirklich aufgebrochen zu sein. Die Insel hat Platz für alle. Kaum einer landet nicht früher oder später auf ihr."

„Und du? Was machst du hier?", fragte ich Khalil. Doch da fuhr der Alte ruckartig hoch und sagte: „Auf! Es ist Schlafenszeit. Morgen wird ein anstrengender Tag! Wir müssen dir eine Hütte bauen! Du musst schnell wieder zu Kräften kommen!" Widerwillig gehorchte ich seinem Befehl und legte mich auf mein Lager, das Khalil mir für die erste Nacht in seiner Hütte bereitet hatte. Schon bald fielen mir die Augen zu. Es wurde eine unruhige Nacht mit vielen wirren Träumen. Mächtige Wellen brachen über mir zusammen, drohten mich zu verschlingen – schreckliche Meermonster kamen aus der Tiefe, ein großer schuppiger Arm wollte mich packen ... „Nein!", schrie ich und fuhr schweißgebadet hoch.

Da hörte ich, wie das Meer in ruhigen Bewegungen, sanft rauschend sein Spiel trieb, und irgendwann legte sich auch der Wirbelsturm in meiner Seele. Ich wurde ruhiger und schlief wieder ein.

# Gefangen auf der Scheiterinsel

Die Sonne stand schon hoch am Himmel, als mich wildes Geschrei weckte. Ich sprang von meinem Lager auf und sah gerade noch, wie eine kreischende Affenbande hinter einem Felsen verschwand. Der Platz, an dem wir gestern Abend gegessen hatten, glich einem Schlachtfeld. Die wilden Tiere hatten sämtliche Essensvorräte zerwühlt und aufgefressen.

Ein Stück abseits der Hütte saß Khalil an der Feuerstelle. Er wirkte trotz des Überfalls vergnügt und pfiff eine fröhliche Melodie. „Komm rüber, Leon! Du musst etwas essen!“, rief er mir zu. Jetzt sah ich, wie er an einem Spieß über der Glut ein Tier briet. Was war das? Ein gehäuteter Affe? Mir wurde schlecht. Aber der Hunger trieb mich an. Ich stand auf und ging zu Khalil ans Feuer. Dankend verzichtete ich vorsichtshalber auf das Fleisch und begnügte mich stattdessen mit wilden Beeren und Maisfladen, die Khalil auf einem heißen Stein zubereitet hatte. Es war ein ungewohntes Mahl – aber es schmeckte vorzüglich. Ich stopfte die Kostbarkeiten gierig in mich hinein und vergaß beinahe zu kauen.

Nachdem der erste Hunger gestillt war, konnte ich endlich genießen und ließ mir jeden Bissen genüsslich auf der Zunge zergehen.

Wie lange war es wohl her, dass ich eine Mahlzeit derart intensiv erlebt und so entspannt gegessen hatte? Zu Hause war ich während des Essens viel zu oft mit meinen Gedanken ganz woanders, telefonierte nebenbei oder aß schnell etwas im Gehen. Jetzt aber sog ich die Gerüche tief in mich auf und genoss das Geschmacksfeuerwerk der exotischen Früchte in vollen Zügen. Es war, als hätte ein Fünf-Sternekoch dieses Menü extra für mich zubereitet. „Eigentlich wollte ich ja mal etwas gegen meinen Bauch tun ...", sagte ich zögernd, als ich den Mund wieder freihatte und klopfte auf die sanfte Wölbung unter meiner Brust. „Aber immer, wenn ich mir zu schlemmen verbiete, bekomme ich erst recht Hunger!" Ich schob mir den nächsten Beerenfladen in den Mund.

„Genuss ist doch etwas Wunderbares!", warf Khalil schmatzend ein und nagte dabei vergnügt an einem großen Knochen. „Dein Körper ist ein Geschenk des Schöpfers. Ihm hat es große Freude bereitet, dich zu erschaffen: deinen Körper, deine Augen, dein Herz, deine Fähigkeit zu fühlen und die Fähigkeit, Entscheidungen zu treffen, die Art, wie du lachst und wie du die Stirn so lustig in Falten legen kannst! Wieso willst du also dieses besondere Geschenk knechten und schinden?"

Überrascht zog ich meine Augenbrauen hoch und ließ die Falten auf meiner Stirn tanzen.

Große Worte, dachte ich und nahm mir noch eine weitere Portion. Der Alte verblüffte mich immer mehr.

Langsam ging Khalil ums Feuer, während er zu mir sprach: „Wichtig ist es doch nur, das rechte Maß zu halten. Druck erzeugt nur Gegendruck. Alles, was du dir verbietest, wird irgendwann ein immer größeres Verlangen in dir wecken!“

Wie recht er doch hatte! Wie oft hatte ich schon den Vorsatz gefasst, endlich weniger zu essen. Das hielt ich genau eine Woche lang durch. Danach verschlang ich meistens die doppelte Portion und konnte mich kaum beherrschen.

Schweigend aßen wir weiter. Der Wind spielte in den Baumwipfeln über uns, das Rauschen klang, als würde sich ein großer Schwarm Vögel in die Lüfte erheben. Zwischen den Kronen der riesigen Bäume strahlte der Himmel in einem unbeschreiblich leuchtenden Blau. Was für ein bezaubernder Ort – der doch so einen schrecklichen Namen trug.

Nach dem Essen machten wir uns an den Bau meiner Hütte. Khalil trug mir auf, Bambus zu besorgen – er wollte in der Zwischenzeit neue Seile anfertigen, mit denen wir die Rohre dann zusammenbinden konnten. Er zeigte mir die Stelle, an der das Baumaterial wuchs und gab mir ein sichelförmiges Messer, um die dicken Stängel aus dem Dickicht schlagen zu können. Khalils Weisungen duldeten keinen Widerspruch. Ich ging los und erreichte bald das Wäldchen zwischen den Hügeln, das einige hundert Meter von Khalils Hütte entfernt lag. Dicht an dicht standen die grünen Stämme nebeneinander, das Sonnenlicht drang kaum durch das Blätterdach. Der Boden war übersät mit seltenen Orchideen. Als ich das Gebüsch betrat, huschte ein Salamander durchs Gras. Ich machte mich an die Arbeit, schnitt Stängel um Stängel und band die Rohre zu dicken Bündeln zusammen. Die Schlepperei trieb mir den Schweiß aus allen Poren. Es dauerte eine ganze Weile, bis ich genügend Baumaterial gesammelt und zu Khalils Hütte getragen hatte.

Der Alte begutachtete meine Ausbeute und breitete den Bambus sorgfältig auf dem Boden aus, dann begannen wir, die Rohre miteinander zu verbinden. Khalil war ein geschickter Hüttenbauer. Flink wand er das Seil, das er aus verschiedenen Fasern gedreht hatte, um die Stangen und setzte gekonnt die Knoten an die nötigen Verbindungsstellen. Ich ging ihm dabei, so gut ich konnte, zur Hand. Wir arbeiteten stundenlang. Als die Hütte schließlich stand, schleifte Khalil einen großen Korb mit Lehm heran und wir begannen, die Bambuswände von innen zu beschmieren.

„Bist du auch auf der Insel gestrandet?", fragte ich ihn neugierig, während ich eine große Portion des klebrigen Materials mit den Händen an die Hüttenwand klatschte.

„Nein, ich gehöre hierher, ich wurde hier schon geboren. Das ist meine Bestimmung!", antwortete Khalil trocken. Warum war er nur so kurz angebunden? Ich ließ nicht locker. „Was ist mit den anderen Leuten geschehen, die hier gestrandet sind? Sind die alle wieder von der Insel weggegangen?"

Khalil lachte.

„Nein, ich habe schon viele Menschen kommen, aber nur sehr wenige gehen sehen. Die meisten bleiben hier. Du kannst sie auf der anderen Seite der Insel antreffen. Sie haben sich gut eingerichtet, Häuser und Straßen gebaut, treiben Handel und haben sich mit ihren Umständen arrangiert. Sie leben gerne auf der Scheiterinsel – das behaupten sie zumindest. Sie glauben, dass das Leben nun mal so ist, wie es ist; dass es kommt, wie es kommen muss und man daran nun mal nichts ändern kann."

Ich war mir nicht ganz sicher, ob ich Khalils Worten Glauben schenken wollte. „Aber die Scheiterinsel ist in keiner Karte verzeichnet, in keinem Buch beschrieben und ich habe noch nie einen Menschen über diesen Ort reden hören!"

„Das ist das Problem der Menschen", sagte Khalil und nickte dabei, „wer hier landet, schämt sich, seine Ziele nicht erreicht zu haben. Die meisten trauen sich dann nicht mehr fort und bleiben hier. Andere kehren in ihr altes Leben zurück und beschreiben ihre Niederlage in den schönsten Farben, weil sie ihr Gesicht wahren wollen. Aber ich sage dir", Khalil hob mahnend den Zeigefinger, „wer sich hierher verirrt und nicht bereit ist zu lernen, der wird nie wieder den Weg nach Hause finden. Er wird sich an diesem Ort immer mehr verlieren. Die Insel zeigt dir dein wahres Ich – sie zwingt dich, ehrlich zu dir selbst zu sein."

„Und wie kommt man von hier wieder weg?", fragte ich unsicher und schob ängstlich nach: „Man kommt doch hier wieder weg, oder?"

„Nur wer den Schatz entdeckt, findet auch einen Weg, wie er die Insel wieder verlassen kann, den Weg zurück in sein Leben!", sagte Khalil und zog dabei geheimnisvoll seine Augenbrauen hoch.

„Was für ein Schatz?" Khalil hatte meine Neugierde geweckt. Bedeutungsschwanger drehte der Alte ein Bambusrohr in seinen Händen. „Es gibt da eine alte Legende …", begann er bedächtig.

„Erzähl!“, drängte ich ihn.

Er wich zögernd zurück. „Bist du sicher, dass du diese Geschichte hören willst?“

„Ja, erzähl sie mir!“, bettelte ich.

„Man erzählt nicht einfach so eine Geschichte. Geschichten können dein Leben verdrehen, es auf den Kopf stellen. Manche Geschichten machen deinen Kopf oder dein Herz verrückt, entzünden eine Sehnsucht, die du nie wieder loswirst. Manche Geschichten sind gefährlich, sogar lebensgefährlich! Nicht jeder Mensch kann und will solche Geschichten verstehen.“

„Bitte, ich möchte sie hören!“, ließ ich nicht locker.

Khalil stand auf. „Morgen wirst du mehr erfahren!“

Er ging in seine Hütte.

Ratlos schaute ich ihm nach. Warum ließ er mich gerade jetzt allein? Der Alte war wirklich rätselhaft. Für ein paar Minuten stand ich unentschlossen in meiner Unterkunft. *Die Insel zeigt dir dein wahres Ich … Nur wer den Schatz entdeckt, findet den Weg von der Insel …* Das war alles sehr rätselhaft. Warum machte Khalil ein so großes Geheimnis um die Geschichte? Seufzend zog ich den großen Bastkorb zu mir und begann, den letzten Rest des Lehms an die Wände meiner neuen Behausung zu schmieren, bevor die Sonne im Meer verschwand. Als ich meine Arbeit beendet hatte, konnte man aus Khalils Hütte schon ein friedvolles Schnarchen hören.

# Die Legende vom Schattenschatz

Als Khalil am nächsten Morgen aufwachte, hatte ich schon Holz gehackt, das Feuer entfacht, Früchte für das Frühstück aufgeschnitten und Wasser geholt, nur um nun genügend Zeit für seine Geschichte zu haben. Er sollte keinen Grund finden können, sie mir heute nicht zu erzählen. Ich wollte endlich mehr über den Schatz und sein Geheimnis wissen. Natürlich fielen dem Alten noch eine Menge Arbeiten ein: eine Matte aus Bambus flechten, damit ich nicht mehr auf dem nackten Boden schlafen musste, die Wasserschläuche ausbessern und noch einmal frisches Brennholz holen. Gegen Mittag, als auch die Natur eine Pause zu machen schien, war es dann so weit. Gespannt saß ich neben ihm am Strand und drängte darauf, nun endlich die Geschichte zu hören. Um keinen Preis der Welt wollte ich mir das Geheimnis der Insel entgehen lassen!

„Also gut“, sagte Khalil, „jetzt sollst du die Geschichte erfahren.“ Er steckte sich eine Pfeife an und schaute versonnen in die Ferne.

„Es waren einmal …“, begann er in bedächtigem Tonfall.

Ich musste lachen.

„Ja!“, prustete ich los, „so beginnt jedes Märchen! Aber ist denn deine Geschichte auch wirklich wahr?“, fragte ich ungeduldig.

„Was ist Wahrheit?“, fragte mich Khalil mit seiner tiefen Stimme und sah mir dabei ernst in die Augen. „Lass mich doch erst erzählen. Dann wirst du schon bald merken, ob die Geschichte für dich wahr ist oder nicht. Wahr werden Geschichten erst, wenn du sie an dich heranlässt. Dann, wenn sie an deiner harten Schale kratzen, dir einen Spiegel vorhalten und dich hinterfragen dürfen!“

Erneut hob er seine Stimme und begann zu erzählen: „Es waren einmal die sieben großen Sünden – du kennst sie doch, oder?“

Ich schüttelte den Kopf. „Die sieben Sünden?“ Davon hatte ich noch nie gehört.

„Ich glaube schon, dass du sie kennst“, sagte Khalil. „Du kennst sie sogar ganz bestimmt! Jeder kennt sie! Jedem sind sie schon einmal begegnet. Vielleicht nicht alle auf einmal, aber ein paar von ihnen ganz bestimmt“, beteuerte er.

„Die sieben großen Sünden, das sind der Hochmut, der Neid, die Wollust, die Trägheit, der Zorn, die Völlerei und der Geiz. Ein böses Gespann, sage ich dir. Seit Jahrtausenden schon hatten sie auf der Erde schlimmen Schaden angerichtet. Wenn Menschen aneinander schuldig wurden, wenn sie scheiterten und schließlich hier auf der Insel landeten, war das das Werk der bösen Sieben. Kein Lebender konnte sich ihrer Macht entziehen. Die Menschen suchten nach Zaubermitteln, brauten und brodelten, diskutierten und drohten mit schlimmen Strafen, züchtigten sich selbst und verzogen sich in die Einsamkeit. Aber keiner schaffte es, sich gänzlich aus dem Bann der Sünden zu befreien.

Eines Tages kam die *Trägheit* auf eine Idee. Man könne die Menschen doch einmal eine ganze Woche lang in Ruhe lassen. Ein ungewöhnlicher Gedanke – aber warum nicht? Was ist schon eine Woche? Eine Pause vom sündigen Alltag würde vielleicht auch den anderen Lastern guttun. Der Gedanke der *Trägheit* war schließlich so überzeugend, dass die sieben Sünden beschlossen, die Erde sieben Tage lang vor ihren Plagen zu verschonen. Auch der Ort, an dem sie zusammenkommen wollten, war bald gefunden: eine einsame Insel, weit weg von den Häusern der Menschen.

Gesagt – getan. Doch die Laster hatten sich die gemeinsame Zeit angenehmer vorgestellt. Kaum waren sie auf der Insel eingetroffen, gingen auch schon die Probleme los. Schon der erste Tag wurde für sie ein Kampf auf Leben und Tod. Sie peinigten sich gegenseitig aufs Höchste und bis zum Abend waren die Schattengeschöpfe am Ende ihrer Kräfte. Es wurde Nacht. Du weißt, wie kalt die Nächte hier sind, Leon. In dieser besagten Nacht wehte der Inselwind besonders eisig die Küste entlang. Die Sünden begannen zu frieren. Um Mitternacht hielten sie es dann nicht mehr aus. Die *Wollust* schlug vor, man könne sich doch aneinander wärmen. „Nur so", fügte sie hinzu, ohne sich ein zweideutiges Grinsen zu verkneifen. Der *Hochmut* bat höflich um Disziplin und machte dann den Vorschlag, jemand müsse losgehen, Holz aus dem Wald holen und Feuer machen. Da sich aber niemand in das Gehölz traute, fror das frevelige Pack weiter. Was keiner wusste: Der *Geiz* hatte am Nachmittag schon heimlich Feuerholz gesammelt und es in einer nahe gelegenen Höhle versteckt. Je dunkler die Nacht wurde, umso mehr griff die Kälte um sich. Frierend saßen die sieben Sünden am Strand der Insel. Der *Geiz* überlegte leise: „Was wäre, wenn ich das Holz holen und mit den anderen ein Feuer anzünden würde?“, tadelte sich aber sofort für diesen Gedanken. Auf keinen Fall wollte er das Holz mit den anderen teilen. Das wäre pure Verschwendung! Er wollte die Wärme nur für sich allein haben – schließlich hatte er auch alleine das ganze Holz gesammelt. Doch mit diesem wärmenden Gedanken war ein kleines Licht über seinem Kopf aufgegangen, kaum sichtbar. Der *Neid* bemerkte den hellen Schein sofort. „Was hast du da?“, fragte er den *Geiz*. Der drehte verstohlen seinen Kopf zur Seite. Der Gedanke an das wärmende Feuer wurde in ihm immer mächtiger – er sah plötzlich sein gesammeltes Holz zu einem großen Lagerfeuer aufgestapelt. Krampfhaft versuchte er, an etwas anderes zu denken, aber es gelang ihm nicht. Je mehr die züngelnden Flammen, die knackenden Äste und die wärmende Glut in seinem Kopf Gestalt annahmen, umso heller wurde das Licht um ihn herum. Irgendwann hielt er es nicht mehr aus. Er rannte zu der Höhle, nahm einen Arm voller Zweige, lief zurück an den Strand, warf das Holz den anderen Sünden vor die Füße und verschwand wieder in der Dunkelheit. Dieses Spiel wiederholte sich. Inzwischen leuchtete der *Geiz* schon selbst wie eine brennende Fackel. Die *Trägheit* hielt es nicht länger an ihrem Platz. „Brauchst du Hilfe?“, fragte sie den *Geiz* – und begann im selben Moment ebenfalls zu leuchten. Dann packte es auch die anderen und schon bald loderte in ihrer Mitte ein wärmendes Lagerfeuer. Man konnte kaum zwischen den Flammen des Lagerfeuers und den leuchtenden Sünden unterscheiden, die nun allesamt hell erstrahlten. Nach einer Weile wurden die Laster müde und schliefen, rund um das Feuer liegend, ein.

Am nächsten Morgen waren alle sehr schweigsam. In dieser Nacht hatte sich zweifellos etwas Seltsames ereignet. Der *Zorn* erinnerte sich jedoch sehr schnell und als Erster an seine wahre Bestimmung – und trat voller Absicht gegen die Schlafmatte der *Völlerei*. „Steh auf, du dickes Schwein!", schrie er. Da erinnerte sich die *Trägheit* an das Licht, das sie gestern alle gesehen hatten, und wollte dazwischen gehen. Aber ihr fehlte einfach der Antrieb, also blieb sie liegen. Und die Dinge nahmen ihren gewohnten Lauf …

Bald hatten die Sünden genug von ihrem bösen Spiel. Zum Glück war die Woche bald vorbei, und sie freuten sich darauf, die Insel so schnell wie möglich zu verlassen, um wieder ihr Unwesen unter den Menschen treiben zu können …

Am Tag der Abreise fassten sie einen Beschluss: Von diesem Tag an sollte jeder Mensch, der es nicht geschafft hatte, sich der List der Sünden zu widersetzen, an diesen Ort verbannt werden. Und so kam die Scheiterinsel auch zu ihrem Namen. Ganz sicher waren sich die Sieben in ihrem Tun allerdings nicht. Die gemeinsame Erfahrung am Lagerfeuer hatte bei jedem von ihnen Spuren hinterlassen. Und so beschlossen die Sünden einstimmig:

Diejenigen, die auf der Scheiterinsel landeten, sollten die Chance bekommen, diesen schrecklichen Ort wieder verlassen zu können. Und so ließen sie einen Schatz zurück. Die Alten nennen ihn den Schattenschatz. Wer ihn entdeckt, der findet den Weg zurück in die Freiheit."

Khalil hatte die letzten Worte sehr bedächtig gesprochen und ließ mir nun ein wenig Zeit um nachzudenken.

„Und wo ist dieser Schatz? Wie sieht er aus?", fragte ich nach einer Weile.

Khalil schaute mich an. „Man kann ihn nicht sehen. Aber *mit* diesem Schatz wirst du sehen lernen. Er wird dir die Augen deines Herzens öffnen."

Ich konnte mir keinen Reim aus diesen rätselhaften Worten machen. „Ja, ja – und wenn sie nicht gestorben sind, dann sündigen sie noch heute tapfer weiter", sagte ich spöttisch.

„Die Sünden werden nicht sterben", erwiderte Khalil traurig. „Solange die Menschheit besteht, wird es auch die Sünde geben. Die Menschen kämpfen gegeneinander und mit sich selbst. Sie wollen überleben – genauso wie du."

„Ach, hör doch auf mit der Sünde! Immer wieder dreht sich alles um dieses hässliche Wort! Warum höre ich die ganze Zeit nur von Sünde!?", schrie ich aufgebracht. „Dauernd wird ein Schuldiger gesucht. Immer geht es nur darum, wer etwas falsch oder richtig gemacht hat. Ich kann es nicht mehr hören! Ich weiß sehr wohl, was ich bisher in meinem Leben angerichtet habe ..." Ich war doch gerade deshalb geflohen, weil ich nicht ständig auf mein Versagen angesprochen werden wollte!

„Dann nenn es das Schlechte, nenn es die Schuld, nenn es den Schatten – es ist auf jeden Fall zerstörerisch!“, antwortete Khalil mit ernster Stimme und setzte einen verschwörerischen Blick auf. „Es macht, dass Väter ihre Familien verlassen, es stiehlt Müttern ihre Liebe und Fürsorglichkeit, es nimmt Kindern …“

„Ich weiß!“, unterbrach ich ihn schroff.

Ich wusste sehr wohl, was er meinte. Er brauchte mir keine weiteren Beispiele zu nennen. Ich kannte die schrecklichen Ruinen, die am Schluss übrig blieben.

Die Nachmittagssonne hatte die Landschaft inzwischen in ein blassgelbes Licht getaucht. Die Luft flimmerte und es war immer noch drückend warm. „Komm, ich zeig dir die Insel“, sagte Khalil und stand auf. Er lief in seine Hütte, holte zwei Wasserschläuche und nahm seinen knorrigen Wanderstab in die Hand. Ohne auf mich zu warten ging er los. Ich hastete ihm hinterher. „Warte!“, rief ich. Khalil verlangsamte sein Tempo und bald hatte ich ihn eingeholt.

# Gut und Böse

Es war ein wunderbarer, sonnengetränkter Tag. Kaum eine Wolke stand am Himmel. Regen gab es hier auf der Insel nur selten, erklärte mir Khalil während unserer Wanderung. Wenn, regnete es nur in der Nacht, dann aber meist sehr heftig. Jetzt verstand ich, warum wir das Dach meiner Hütte so gut abgedichtet hatten.

Khalil blieb stehen und malte mit einem Zweig die Umrisse der Insel in den Sand, um mir Orientierung zu verschaffen. Wie ein geübter Fremdenführer erklärte er mir alles Wissenswerte über diesen Ort, unterrichtete mich über die klimatischen Bedingungen und erzählte mir, welche Früchte ich essen könne und vor welchen Insekten ich mich in Acht nehmen müsse. Fast überall auf der Insel gab es Mangos, Papayas und Stauden mit übergroßen, leuchtend gelben Bananen. An einigen Stellen hingen Kokosnüsse in den Kronen der Palmen und warteten darauf, irgendwann eingesammelt zu werden. Die Luft war erfüllt vom Summen zahlloser Insekten. Besonders in der Abenddämmerung hieß es, auf die Moskitos aufzupassen, die gefährliche Krankheiten übertragen konnten.

Wir waren schon eine Weile unterwegs, als wir eine Anhöhe erreichten, auf der mir die Bäume viel dichter, das Gras viel grüner und saftiger schienen als im unteren Teil der Insel. Khalil ging geradewegs auf einen großen, dichten Busch zu und drückte einige Zweige beiseite. Vor uns öffnete sich eine tiefe Schlucht. Direkt an der Felskante sprudelte eine frische Quelle hervor. Das Wasser schoss in einem weiten Bogen ins Tal. „Reich mir mal unsere Wasserschläuche!", befahl er mir. Ich gab sie ihm und er hielt sie in den glasklaren Sturzbach.

„Das ist die einzige Süßwasserquelle auf der ganzen Insel!", rief Khalil laut, um das tosende Wasser zu übertönen. „Nur hier oben bekommst du wirklich sauberes Wasser! Weiter unten haben die Menschen, die auf der anderen Seite der Insel leben, Kanäle und Aquädukte gebaut, um das Wasser direkt in ihre Häuser und Hütten zu leiten. Aber bis es in den Wohnungen ankommt, ist es meist schon verschmutzt und kaum trinkbar. Einmal in der Woche komme ich hierher und hole frisches Wasser. Wir werden uns diese Arbeit, solange du hier auf dieser Insel bist, aufteilen. Also präge dir den Weg gut ein!"

Wir gingen weiter und kamen an einen kleinen Salzwassersee. Khalil zog sich aus und sprang hinein. Ich tat es ihm nach. Die Abkühlung tat gut. Mit kräftigen Zügen schwammen wir durch die türkisgrün schimmernden Fluten und kehrten erst nach einer ganzen Weile prustend vor Glück ans Ufer zurück. Nachdem wir uns in der Sonne getrocknet hatten, schnitt Khalil einen langen Ast von einem Baum. „Jetzt zeige ich dir, wie wir hier Fische fangen!" Er nahm den Zweig, spitzte ihn an und stieg wieder in den See. Als ihm das Wasser knapp über die Knie reichte, blieb er stehen und verharrte gebannt, den Spieß hoch über seinen Kopf gehoben. Minutenlang konnte man keine Regung seines Körper wahrnehmen, jede Muskelfaser schien angespannt. Plötzlich stieß er zu und zog einen zappelnden Fisch aus dem Wasser.

„Was für ein Brocken!", rief ich anerkennend.

„Jetzt du!", sagte Khalil und warf mir den Spieß zu.

Erwartungsvoll watete ich ins Wasser und stieß nach kurzer Zeit ungeduldig mehrmals ins Wasser. Natürlich ohne Erfolg. Khalil kicherte vergnügt.

Und doch, nach einer Weile gelang es auch mir, endlich einen Fisch zu erwischen. Stolz wollte ich Khalil meinen Fang präsentieren. Doch der Alte war in der Zwischenzeit eingeschlafen. Schnarchend lehnte er mit seinem Kopf an einem Baumstamm. Ich machte mir einen großen Spaß daraus, ihm meine zappelnde Beute auf den Bauch zu werfen. Khalil fuhr hoch und schrie vor Schreck laut auf. Ich konnte nur mit Mühe mein Lachen unterdrücken.

Wir sprangen ins Wasser, um uns noch einmal abzufrischen, packten unsere Sachen und machten uns auf den Heimweg. Ich trug die beiden Fische, die unser Abendessen werden sollten; Khalil hatte sich den Speer über seine Schulter gelegt, ging voraus und pfiff eine fröhliche Melodie. Es war ein schöner Tag. Ich hatte viel erlebt, viel Neues gehört, viel gelacht – und doch war ich wie blind für die wunderbaren Kostbarkeiten, die mich hier auf der Insel umgaben. Mich quälten viele Fragen. Warum werden Menschen immer wieder aneinander schuldig? Wer trägt dafür die Verantwortung? Und wie viel davon können wir selbst wirklich mit unserem Willen beeinflussen?

Als hätte Khalil meine innere Zerrissenheit gespürt, fragte er mich: „Sag mir, Leon, was ist denn Sünde für dich?“ Er hatte inzwischen bemerkt, dass er mich mit Gegenfragen am ehesten beruhigen konnte. Woher wusste er, wie aufgewühlt meine Seele war? Schrien denn die Fragen in mir so laut?

Ich ließ mir Zeit, rang um die richtigen Worte. Ich wollte auch einmal so schlaue Dinge sagen, wie sie aus Khalil scheinbar nur so heraussprudelten. Dann kam mir ein Satz, den ich einmal von einem alten, weisen Mann gehört hatte, in den Sinn: „Sünde ist, wenn ich nicht das tue, wofür mich der Schöpfer bestimmt hat“, philosophierte ich und starrte siegessicher in Khalils wache Augen.

„Ralsch!“, sagte der Alte und ließ dabei das „rrrr“ rasseln wie eine rostige Kette. Ich zog erstaunt die Augenbrauen hoch. „Was, bitteschön, heißt RALSCH!?“

„Na ja“, gluckste der Alte vergnügt, „das hab ich selbst erfunden. Ich sage mir das immer, wenn ich mir etwas ausdenke, was scheinbar richtig klingt, aber im Grunde falsch ist. Sünde ist doch nicht nur das, was ich falsch mache, sondern auch das, was ich *nicht* mache – nicht nur die böse Tat, sondern auch, wenn ich etwas Gutes unterlasse.“

„Aber woher weiß ich denn, was richtig und was falsch ist?“, fragte ich Khalil und schob nach: „Und wieso fällt es einem Menschen so schwer, das Richtige zu tun und das Falsche zu lassen? Oft ist es bei mir so, dass ich etwas tue, *obwohl* ich weiß, dass es falsch ist!“

„Ich denke, du hast vorhin schon viel Wahres gesagt. Wer nicht weiß, wofür er bestimmt ist, findet keinen Sinn darin, Gutes zu tun.“

Mir brummte der Kopf. So viele Worte und Gedanken auf einmal!

„Und wer bitte sagt mir, wofür ich bestimmt bin?", konterte ich.

Khalil wurde plötzlich ganz aufbrausend und fuchtelte wild mit seinen Armen: „Die Menschen warten immer nur darauf, dass ihnen jemand den Weg zeigt und ihnen ihre Bestimmung vorgibt! Dabei kennst doch nur *du* deinen Weg! Erst wenn du ihn gehst, kannst du entdecken, wofür du geschaffen bist. Wer losgeht, wird auch Umwege wählen, im Dunkeln tappen – und auch immer wieder scheitern. Das gehört dazu!"

Wortlos trottete ich neben Khalil her. Ich wusste, was er mir mit diesen Worten sagen wollte. Immer dann, wenn ich in einer Arbeit einen Sinn entdeckt hatte, bekam ich plötzlich ganz besonders viel Leidenschaft dafür. Verlor ich jedoch den Sinn für eine Sache aus den Augen, erledigte ich die Dinge stur und blind, ohne über die Konsequenzen nachzudenken. Dann fehlte mir die Kraft, zwischen Gut und Böse zu entscheiden. Ich dachte an die alte Geschichte von Adam und Eva, die im Paradies vom verbotenen Baum der Erkenntnis gegessen hatten und plötzlich wussten, was gut und was böse ist – und daraufhin das Paradies verlassen mussten. Von diesem Tag an waren sie auf sich allein gestellt – mit allen Konsequenzen. Seit der Vertreibung aus dem Paradies hatten sie die Verantwortung für sich und diese Erde zu tragen.

Es war gar nicht so einfach, immer die richtige Entscheidung zu treffen, auch wenn man den Unterschied kannte und freiwillige Entscheidungen treffen konnte.

Als hätte Khalil meine Gedanken erraten, sagte er: „Die Menschen meinen zu wissen, was gut und was böse ist. Deshalb teilen sie ihre Welt in schwarz oder weiß, heiß oder kalt, richtig oder falsch ein. Aber letztendlich wissen sie nur wenig. Sie bleiben für das Wesentliche blind. Glaub mir, es gibt noch ein Dazwischen. Und dort fängt die wirkliche Verantwortung der Menschen an!"

„Was meinst du mit ‚Dazwischen'?", hakte ich nach. „Entweder macht jemand etwas richtig oder falsch! Da gibt es doch kein Dazwischen!"

„Warte!", antwortete Khalil. Er war zu einem Baum gegangen, hatte einen Apfel gepflückt und stand nun, mit der Frucht in der Hand, neben mir.

„Wem gehört der Apfel?", fragte er mich.

„Dem, dem der Baum gehört, würde ich sagen."

„Gehört er uns?", fragte Khalil.

„Nein, natürlich nicht. Ich weiß nicht, wem er gehört."

„Ist es richtig oder falsch, einen Apfel zu stehlen?" Khalil ließ nicht locker.

„Natürlich ist das falsch", erwiderte ich. „Was für eine Frage!"

Khalil legte die Stirn in Falten und zog die Schultern fragend hoch: „Was aber ist, wenn ich einen Apfel klaue, um ihn einem Bettler zu geben, der sonst verhungern würde?"

Ich schwieg.

„Eine andere Frage: Ist es gut oder böse zu lügen?", ließ Khalil nicht locker.

„Natürlich böse!", antwortete ich sichtlich genervt, ließ mich aber trotzdem auf sein Spiel ein.

„Bist du dir da ganz sicher? Was ist, wenn Soldaten einer skrupellosen Regierung dein Haus stürmen – und du hältst einen fremden Jungen in deinem Haus versteckt? Die Soldaten fordern das Kind von dir, um es zu töten. Würdest du ihnen dann wirklich die Wahrheit sagen und das Versteck verraten? Wäre es nicht eher böse und schlecht, das zu tun?“

Wieder schwieg ich.

„Siehst du!“, triumphierte Khalil. „Niemand, der ein Gesetz aufgestellt hat, kann es auch in jeder Situation befolgen. Gesetze sind nicht dazu da, damit wir sie stur einhalten, sondern damit sie uns schützen.“ Khalil fuhr fort: „Ich glaube, jeder Mensch ist zum Guten wie zum Bösen fähig. Beides lebt in unserer Seele. Wir können aufbauen und zerschlagen, lieben und hassen, zärtlich und grausam sein. Kein Mensch ist nur böse. Und kein Mensch ist nur gut. Jeder von uns hat seine Fehler, Probleme, Sorgen und Schwierigkeiten. Wir Menschen sind deshalb auf Regeln angewiesen. Es gibt keinen Ort auf dieser Welt, an dem wir ohne Regeln auskommen könnten!“

„Und wie ist es hier? Gibt es auf dieser Insel auch Regeln?“, fragte ich den Alten. „Die Leute, die auf der anderen Seite der Insel wohnen, sind doch hier geblieben, weil sie an den bestehenden Ordnungen zerbrochen sind!“

Khalil nickte bedächtig. „Auch auf unserer Insel gibt es Gesetze. Vor langer Zeit haben die Bewohner damit begonnen, sie auf kleine Tafeln zu schreiben. Ich werde sie dir morgen zeigen, aber dazu müssen wir einen hohen Gipfel erklimmen.“ Khalil zeigte auf einen Berg am Horizont, dessen Spitze in die Wolkendecke hineinragte.

Während wir uns unterhielten, waren wir – gerade noch mit letztem Tageslicht – wieder an unseren Hütten angekommen.

„Los, hilf mir“, befahl Khalil. „Lass uns ein Feuer machen und die Fische braten und dann müssen wir uns für morgen Proviant und eine gute Ausrüstung zurechtlegen. Wir brechen noch vor Sonnenaufgang auf. Sonst ist es zu heiß, um auf den Berg zu steigen.“

Eilig hatten wir unsere Sachen für den morgigen Ausflug gepackt und legten uns schlafen. Ich war gespannt, was mich morgen auf dem Berg erwarten würde. Vorfreudig schlief ich ein.

# Gesetz ist Gesetz

Es war noch dunkel, als mich Khalil wachrüttelte. „Steh auf! Es geht los!“ Ruppig stieß er mit den Füßen gegen meinen schlaftrunkenen Körper.

Ich sprang von meinem Lager auf und zog mich an. Kurze Zeit später brachen wir auf. Ich schwang meinen Rucksack über die Schulter. Mit großen Schritten durchquerten wir die Dünen und liefen durch den feuchten Sand, immer am Meer entlang, dem großen Berg entgegen. Schwarz und mächtig lag die dunkle See vor uns. Khalil hatte mich gestern noch gewarnt. Wenn wir bis Mittag nicht die schützenden Bäume am Fuß des Berges erreichten, wären wir der lebensgefährlichen Hitze ausgesetzt.

Wir waren schon über eine Stunde gegangen, als am Horizont das erste Licht des Tages aufschimmerte, um den werdenden Tag zu begrüßen. Mit schnellen Schritten durchquerten wir ein kleines Waldstück, kamen auf eine Ebene, die mit dürrem Gras bewachsen war, und näherten uns bald dem bewaldeten Berghang. Langsam ging es in Serpentinen aufwärts. Zielstrebig näherten wir uns dem Gipfel. Ein grandioses Sommerbild entfaltete sich vor unseren Augen. Bunte Blumen leuchteten im niedrigen Gras und farbenprächtige Schmetterlinge schwirrten um uns her. Tief sog ich die Gerüche und die Farben in mich auf.

Nach ein paar Stunden erreichten wir die Baumgrenze. Jede neue Runde brachte uns dem Ziel unserer Wanderung näher, belohnte uns mit einem wunderbaren Ausblick über die Insel. Doch so schön das Panorama auch war: Mein Körper kam immer mehr an seine Grenzen. Meine Füße brannten. Keuchend blieb ich stehen. Das Blut hämmerte in meinen Schläfen, die Muskeln schmerzten.

„Warum sind die Gesetze so weit oben auf einem Berg versteckt? Wenn die Regeln den Menschen helfen sollen, müssen sie doch dort aufbewahrt werden, wo das Leben stattfindet!", maulte ich.

Khalil schwieg geheimnisvoll.

Endlich erreichten wir den Gipfel. Dort standen sie nun: hunderte, vielleicht sogar tausende kleiner Täfelchen, an kleine Pflöcke genagelt und in den Boden gerammt. Auf jedem dieser Schilder stand etwas geschrieben. Ich trat näher heran und versuchte, die Worte auf den Gesetzestafeln zu entziffern. Manche erschienen mir logisch, wie „Du darfst niemanden bestehlen!" oder „Es ist verboten, einen Menschen zu töten!". Andere verstand ich überhaupt nicht.

„Wer hat sich denn die Mühe gemacht, alle diese Gesetze auf Tafeln zu schreiben und hier oben aufzustellen?", wollte ich wissen.

Khalil hatte sich inzwischen ins Gras gesetzt und die Beine ausgestreckt. „Jeder bekommt nach seiner Ankunft auf der Insel eine Tafel!", erklärte der Alte, kramte in seinem Gepäck und reichte mir eine unbeschriebene

Holztafel. „Jeder schreibt seinen Grund auf, warum er auf dieser Insel gelandet ist. Damit sollen andere sozusagen aus den Fehlern, die man selbst gemacht hat, lernen."

Als ich die vielen Tafeln sah, wurde mir mulmig. „Und was ist, wenn ich diese vielen Gesetze nicht einhalten kann – oder vielleicht gar nicht einhalten will?", fragte ich skeptisch.

„Früher wäre es dir an den Kragen gegangen! Wer eine dieser Regeln nicht einhielt, dem drohte die Todesstrafe! Deswegen heißt dieser Berg auch *Vergeltungsfelsen!*"

Während ich von Tafel zu Tafel lief und interessiert die Gesetze und Verbote auf den Schildern studierte, hatte Khalil den Proviant aus dem Rucksack gepackt: Maisfladen, Obst und ein gebratenes Wildhühnchen. Er war wirklich ein guter Koch, das musste man ihm lassen. Aus wenigen Zutaten konnte er die köstlichsten Dinge zubereiten. Gierig stopfte ich mir eine große Portion Maisfladen in den Mund. Khalil hatte uns dazu eine würzige Soße aus verschiedenen Kräutern angerührt – herrlich! Noch bevor ich den Bissen herunterschluckte, fragte ich ihn: „Gab es denn schon Hinrichtungen auf dem Vergeltungsfelsen?"

„Früher, ganz am Anfang. Weit vor unserer Zeit wurde hier tatsächlich noch die Todesstrafe vollzogen. Das erzählen sich zumindest die Alten – und die wiederum wissen es auch nur aus Erzählungen. Heute macht das keiner mehr. Ich habe zumindest noch keine Hinrichtung erlebt. Stattdessen haben es sich die Menschen auf der Insel angewöhnt, sich viel schlimmer zu bestrafen: Die Schuld wird nicht mehr hochrichterlich ausgesprochen und gesühnt, sondern hinter dem Rücken des Schuldigen – als vage Vermutung – weitererzählt. So entstehen Gerüchte und keiner weiß, was tatsächlich vorgefallen ist und was nicht. Keiner traut mehr dem anderen. Vieles hier auf der Insel geschieht in der Nacht und im Verborgenen. Jeder leidet an der Schuld, die im Raum steht, und an dem unerträglichen Gerede, und keiner weiß mehr so genau, was richtig und was falsch ist. Wie soll man sich da zum Guten ändern können?“

Khalil reichte mir einen Fladen und ich wickelte ein Stück Hühnchenfleisch hinein. Die Gespräche mit Khalil waren so spannend, dass ich manchmal sogar meinen Hunger vergaß.

# Das wichtigste Gesetz

Wir aßen schweigend weiter. Khalil schien zu merken, dass ich diese Gedankenflut erst einmal verarbeiten musste. Ich grübelte vor mich hin: *Regeln sind dazu da, damit mein Leben und das Zusammenleben mit anderen gelingt …* Und doch kamen mir diese Gesetze teilweise sehr unsinnig vor.

„Manche dieser Regeln, die auf den Tafeln stehen, sind doch total überzogen!", protestierte ich. „Außerdem engen die meisten doch nur mein Leben ein!" Ich konnte mir nicht vorstellen, alle diese Gesetze, die ich hier las, jemals befolgen zu können.

„Die Gesetze sind nicht dazu gemacht, um dich in deinem Handeln zu begrenzen", warf Khalil ein. „Im Gegenteil! Sie wollen dir Freiheit schenken."

„Freiheit? Das hört sich doch schon mal gut an. Aber wieso gibt es dann nicht einfach nur *ein* Gebot?", dachte ich laut. „Mach, was du willst! Du hast alle Freiheiten der Welt!" Ich fand, das war ein ziemlich guter Rat.

Khalil lachte. „Nein, da hast du mich wohl falsch verstanden. Wenn Menschen miteinander leben und auskommen wollen, braucht es nun mal Regeln. Es kann nicht jeder das tun oder lassen, wozu er gerade Lust hat, auch wenn das natürlich eine reizvolle Vorstellung ist!"

Der Alte deutete auf einen Baum ganz in der Nähe der Gesetzestafeln. Jemand hatte drei Worte in den Stamm geritzt: *Spiegel – Riegel – Zügel.*

„Was soll dieses Wortspiel bedeuten?", fragte ich genervt. Irgendwie kam ich mir dumm vor. Ständig wurde ich mit neuen Dingen konfrontiert, die ich nicht sofort verstand.

„Es erinnert an ein altes Gedicht", erklärte Khalil. „Jemand hat die Worte hinterlassen, bevor er von hier fortging. Es geht so:

*Du siehst an diesem Ort*
*in dein Herz wie in einen Spiegel.*
*Erkenne still und leise,*
*was er wohl dir nur zeigt.*
*Bewahr dir jedes Wort,*
*so wird es dir zum Riegel,*
*hält gütig dich und weise,*
*behält dich in der Zeit.*
*Und jagt dich deine Seele,*
*dann sind sie deine Zügel –*
*und hält im Zaume fest,*
*was dich von dir vertreibt.*

Khalil war sich scheinbar nicht sicher, ob ich diese alten Verse auch richtig verstanden hatte, und begann es mir in seinen eigenen Worten zu erklären: „Gesetze lassen dich in dein Herz sehen. So wie du dein Gesicht in einem Spiegel anschaust, um festzustellen, ob es mal wieder Zeit für eine gründliche Wäsche wäre, so sind auch die Gesetze wie ein

Spiegel, der dich in dein eigenes Herz blicken lässt um zu prüfen, wo du gerade stehst. Gleichzeitig schieben sie bösen Taten einen Riegel vor. Sie wollen dich davor schützen zu morden, zu lügen oder zu stehlen. Und Zügel brauchst du, wenn du auf einem Pferd sitzt und die Richtung vorgeben willst. Genau so zügeln dich auch die Gesetze – sie weisen dir den Weg zu einem guten Miteinander mit anderen."

„Das sind aber sehr altmodische, verstaubte Worte!", sagte ich. „Kann man das nicht etwas einfacher ausdrücken?"

„Was schlägst du denn vor?", fragte mich Khalil.

„Ich stelle mir das so vor", sagte ich nach einigem Nachdenken und malte zwei Strichmännchen in den Sand. „Jeder Mensch hat eine unsichtbare Schutzhülle." Ich zog einen schützenden Kreis um jedes Männchen. „Wenn ich meine Schutzhülle zerstöre oder wenn ich die Schutzhülle eines anderen zerstöre, dann ist das Sünde. Denn dann mach ich das Werk unseres Schöpfers kaputt."

Khalil nickte anerkennend. Er nahm die Holztafel, die er eigentlich für mein Gesetz mitgebracht hatte.

„Schreibst du für mich?", fragte ich ihn.

Der Alte nahm das Messer und ritzte in das Schild:

*Das ist das wichtigste Gesetz: Jeder achte und liebe den anderen wie sich selbst.*

„In Verantwortung vor dem Schöpfer", fügte ich hinzu und hielt feierlich die Hand an mein Herz. Khalil wiederholte die Worte bedächtig und ergänzte:

*In Verantwortung vor unserem Schöpfer.*

Wir brachten die Holztafel hoch oben an der Spitze des

Felsens an. Die Tafel sollte schon von Weitem zu erkennen sein und über allen anderen Tafeln schweben. Wer sein Leben an dieser Regel ausrichtete, war wirklich daran interessiert, Verantwortung zu übernehmen.

# Richtig auf dem falschen Weg

Khalil drängte zum Aufbruch. „Wir müssen los. Sonst schaffen wir es nicht, vor Einbruch der Dämmerung zu Hause zu sein!" Wir packten unsere Sachen zusammen und machten uns auf den Heimweg.

Heimweg! Zuhause! Ich musste lächeln. Khalil nannte unsere Bucht mit unseren selbstgebauten Hütten tatsächlich unser Zuhause. Aber irgendwie kam es mir doch seltsam vor. Sollte ich in den wenigen Tagen, die ich nun schon auf der Insel war, wirklich von meinem „Zuhause" sprechen?

Schweigend stiegen wir die Serpentinen hinab. Der rote Sand knirschte unter meinen Füßen und die schwüle Luft ließ den Schweiß auf meiner Stirn perlen. Wir waren schon über eine Stunde gelaufen, als Khalil an einer Weggabelung nach links abbog. Ich protestierte: „Aber wir kamen doch von rechts!"

„Nein, nein!" Khalil schüttelte den Kopf. „Du irrst dich! Ich bin mir da ganz sicher! Wir kamen von links!"

Khalil mochte vielleicht ein guter Lebensnavigator, ein weiser und kluger Mann sein – aber in Sachen Orientierung machte mir keiner etwas vor. Darin war ich ein Meister. Mit meinen Kindern hatte ich im Urlaub in fremden Städten oft ein Spiel gespielt. Sie bekamen einen Stadtplan und durften mich über viele Umwege an einen von ihnen ausgewählten Ort führen. Ich musste dann ohne Plan und ohne nach dem Weg zu fragen zu unserer Unterkunft zurückfinden. Gewann ich, spülten unsere Kinder am nächsten Tag das Geschirr in unserer Ferienwohnung. Gewannen meine Kinder, bekamen sie eine große Portion Eis. Auf diese Weise hatten meine Frau und ich im Urlaub sehr wenig Küchendienst. Ich musste schmunzeln.

„Khalil", sagte ich mit selbstbewusster Stimme und einer gekonnt inszenierten Unschuldsmine, „wollen wir ein Spiel spielen?"

Ich wusste, dass Khalil meinen Vorschlag nicht ablehnen würde. Er war es gewohnt, Lehrer zu sein. Mein Meister und auch der vieler anderer, vor mir und nach mir. Er ging wahrscheinlich grundsätzlich davon aus, im Recht zu sein. Außerdem war er schon deutlich länger auf dieser Insel als ich. Aber gerade weil er sich seiner Sache so sicher war, wollte ich ihm heute einen kleinen, aber feinen Fallstrick drehen.

„Gern!", antwortete er. „Ich spiele sehr gerne Spiele!"

Khalil hatte angebissen.

„Gut, pass auf!", sagte ich. „Jeder geht nun den Weg, den er für richtig hält. Wenn wir uns dann am Fuße des Berges wieder treffen – vorausgesetzt, dich haben bis dahin keine wilden Tiere aufgefressen –, werden wir wissen, welcher Weg der richtige war. Derjenige, der recht hat, muss dann eine Woche lang kein Feuerholz holen. Einverstanden?" Ich hielt ihm die Hand hin, Khalil schlug wortlos ein. Wir verabschiedeten uns voneinander und jeder ging in die Richtung, die er für die richtige hielt.

Siegessicher stapfte ich los. Ich genoss die Natur und erkannte auch schon bald einige wichtige Orientierungspunkte wieder, die ich mir bei unserem Anstieg eingeprägt hatte. Mit jedem Baum, jeder Biegung, jeder Abzweigung wurde ich siegessicherer.

Ich triumphierte.

„Mein Gott, du armer Khalil!“, dachte ich laut und musste vor Mitleid grinsen. „Du wirst nicht nur viel zu spät an unserem verabredeten Ort ankommen, sondern auch noch die ganze nächste Woche im Schweiße deines Angesichts das Feuerholz alleine anschleppen müssen. Viel Spaß dabei!“ Pfeifend trabte ich durch das Unterholz und konnte schon von Weitem das Meer sehen. Es würde nicht mehr lange dauern, bis ich den breiten Weg erreichte, auf dem es dann nur noch wenige Meter bis zu unserem verabredeten Ort sein würden.

Ich bog um die Ecke. Doch anstelle eines Weges stand ich plötzlich vor einem großen Abgrund. Das konnte doch nicht sein?! Eigentlich wusste ich genau, wo ich war. Oder doch nicht? Sollte ich mich tatsächlich verlaufen haben?

„Was soll’s?“, dachte ich. „Auf die andere Seite des Grabens werde ich es wohl locker schaffen!“

Ich nahm Anlauf und sprang. Zwar landete ich auf der anderen Seite, verstauchte mir dabei aber meinen Knöchel. Ich schrie auf, fasste an die schmerzende Stelle – durfte jetzt aber keine Schwäche zeigen. Wenn ich nicht gleich weiterging, würde ich wertvolle Zeit verlieren und erst nach Khalil am Ziel eintreffen. Ich humpelte los. Endlich sah ich den verabredeten Treffpunkt vor mir liegen und war erleichtert. Khalil war offenbar auch noch nicht da. Nur noch wenige Meter, dann war ich am Ziel. In diesem Moment hörte ich ein wehleidiges Stöhnen. Die Hecke hinter mir öffnete sich einen Spalt breit und Khalil stolperte heraus. Ich musste mir trotz der Schmerzen ein Lachen verkneifen. Der alte Mann sah aus wie ein kleiner Junge, der sich mit einer ganzen Armee Gleichaltriger geprügelt hatte. Er war von oben bis unten von Dornen zerkratzt. Seine Haut glich einem Schlachtfeld.

„Aber ich bin da!", sagte Khalil – wie immer mehr als selbstbewusst. Nervensäge!

Schweigend gaben wir uns anerkennend die Hand und gingen wortlos weiter. Khalil trottete missmutig vor mir und ich humpelte hinterher. Nach einigen hundert Metern blieb er stehen und sah mir tief in die Augen.

„Und? Welcher Weg war nun der richtige? Deiner – oder meiner?"

„Ralsch", sagte ich lachend und blieb stehen. Mein Fuß schmerzte höllisch. Siegesgewiss hob ich dennoch die Arme über meinen Kopf. „Deiner war nicht richtiger als meiner und umgekehrt. Beide Wege waren richtig, weil sie gegangen wurden. Jeder musste seine eigene Entscheidung treffen. Wären wir nicht losgegangen, wären wir vielleicht unverletzt geblieben, aber hätten dann auf dem Berg übernachten müssen. Ohne Feuer und Schutz, den wilden Tieren und der Kälte ausgeliefert, wäre das unser sicheres Todesurteil gewesen!"

„Du bist klug!", sagte Khalil anerkennend. „Du lernst schnell! Genauso ist es auch mit deinem Lebensweg. Dein Gestern bestimmt dein Heute. Jeder Mensch hat seine eigene Geschichte, jeder seinen eigenen Weg zu gehen. Es gibt nicht den perfekten, den einzig wahren Weg. Der Weg wird erst dann zu deinem Weg, wenn du ihn gehst."

Ich fand, Khalil hatte recht. Jeder Mensch machte eigene Erfahrungen auf seinem Weg. Jeder hatte mit seinen ganz persönlichen Lebensthemen und Problemen zu kämpfen. Nur wenn ich lernen würde, einem Menschen zuzuhören, könnte ich auch verstehen, warum er so denkt, lebt, redet und handelt, wie er es eben tut. Wie ein Blitz durchfuhr mich ein Gedanke: Das galt auch für mich, mit meiner Schuld und meinem Scheitern. Auch in meinem Leben gab es mehr als eine Sicht auf die Dinge. Die Last, die ich mit mir herumtrug, bestand nicht nur aus dem, was ich falsch gemacht hatte, aus meiner Schuld. Auch andere waren an mir schuldig geworden. Das alles schleppte ich nun schon seit Langem mit mir herum. Mein Blick verlor sich in der Ferne. Zwischen den Pinienstämmen konnte ich das Meer tiefblau schimmern sehen …

Khalil forderte mich heraus, zwang mich geradezu, mich mit mir auseinanderzusetzen. Ich merkte, wie ich ganz langsam begann, mein Versagen, mein Scheitern, meine ganze Lebensgeschichte neu zu verstehen. Und plötzlich konnte ich auch meine Fähigkeiten, also das, was ich gut konnte, in einem ganz neuen Licht sehen.

Ich erzählte Khalil von meinen Gedanken. Und fügte erleichtert an: „Das entlastet mich sehr. Ich glaube, ich habe den Schatz gefunden!"

„Ralsch!" Diesmal hob Khalil triumphierend die Arme. „Deine Erkenntnis ist nur ein Teil des Schatzes. Ein wichtiger Hinweis – nicht mehr und nicht weniger. Du weißt nun, dass du dich in der Rückschau auf deinen Lebensweg besser verstehen lernen kannst. Es ist wichtig zu wissen, woher man kommt, wenn man den weiteren Weg in den Blick nehmen will. Aber es entschuldigt noch lange nicht deine Taten. Für das, was war, und für das, was kommt, musst du selbst die Verantwortung übernehmen.“

Schweigend liefen wir weiter. Der Wald wurde immer dichter, wenig Licht drang nun von oben auf uns herab. Der schmale Berggrat weitete sich zu einem immer breiter werdenden Weg und so kamen wir voran. Ich fand das Leben unfair. Wie sollte man es schaffen, jeden Menschen gleich und gerecht zu beurteilen – obwohl doch jeder seine eigene Geschichte hatte?

„Das ist trotzdem alles sehr seltsam!“, maulte ich laut vor mich hin und kickte mit meinen Füßen einen Stein, der unbeabsichtigt Khalil traf. Doch der Alte schien meinen ungewollten Angriff geduldig zu ignorieren.

Wir setzten unseren Abstieg ins Tal fort. Weit über die Hälfte des Weges hatten wir nun schon geschafft. Ich atmete gleichmäßig, versuchte, meine Gedanken mit dem Rhythmus meiner Schritte fließen zu lassen. Doch die Beine wurden mit jedem Schritt schwerer und auch mein Kopf war von dem vielen angestrengten Nachdenken müde geworden. Wie herrlich würde es sein, heute Abend wieder auf meine Bastmatte fallen zu können! Dieser Gedanke trieb mich an und gab mir neuen Schwung für das letzte Stück unseres Weges.

# Das Geschenk

Wir rasteten an einem Fluss und aßen unsere letzten Vorräte auf. Das kurze Stück Weg bis zu unserer Bucht würden wir ohne Pause noch vor dem Einbruch der Dunkelheit schaffen. Bevor wir aufbrachen, reichte mir Khalil eine Tasche aus Palmenblättern. „Schau, ich habe ein Geschenk für dich!“ Er hatte sie unterwegs heimlich für mich geflochten und war jetzt ganz gespannt auf meine Reaktion.

„Menschen sind Jäger und Sammler“, begann er zu erklären. „Jeder Mensch bekommt darum am Anfang seines Lebens eine Tragetasche geschenkt.“

Ich lachte los. Die Vorstellung, wie der Allerhöchste höchstpersönlich am Schöpfungstag vor dem Supermarkt des Lebens Tüten verteilte, um seine Geschöpfe die hohe Kunst des Sammelns zu lehren, stimmte mich heiter. Neugierig öffnete ich die Tasche. Aber was sollte das? Khalil hatte mehrere Erdklumpen hineingepackt! Ich konnte meine Enttäuschung nicht verbergen. „Willst du mich auf den Arm nehmen? Was soll ich denn damit anfangen?“ Irritiert sah ich ihn an und hielt ihm sein Geschenk unter die Nase. „Nimm es zurück!“

Khalil rührte sich nicht und so ließ ich die Tasche vor seinen Füßen auf die Erde fallen. Doch er hob sie behutsam auf, nahm einen Erdklumpen und tauchte ihn in den Fluss. Sofort spülte der Strom die Erde von der Kugel ab und in seiner Hand lag ein simpler Stein. Ich konnte mich kaum beherrschen. „Khalil, Gold wäre ein gutes Geschenk gewesen, oder ein Diamant – aber was soll ich denn mit einem blöden Stein?"

Khalil nahm unbeirrt einen weiteren Klumpen aus der Tasche und wusch ihn ebenfalls. Schon nach wenigen Sekunden löste sich die Kruste und man sah ein geheimnisvolles Funkeln im Wasser. Je mehr Erde abgewaschen wurde, umso intensiver blitzte das Wasser. Schließlich hielt Khalil einen faustgroßen Diamanten in den Händen.

„Manchmal packen uns andere Menschen schwere, unansehnliche Dinge in unser Gepäck", erklärte er. „Wir tragen sie auf unserer Lebensreise mit uns herum. Das kostet uns viel Kraft. Manchmal erscheinen diese Dinge auf den ersten Blick nutzlos. Aber es lohnt sich, jeden noch so wertlosen Erdbatzen aus der Tasche zu holen und von seinem Schmutz zu befreien. Das ist keine einfache Aufgabe! Manchmal wird das richtig wehtun! Du wirst dabei auch auf alte Erlebnisse stoßen, die du schon längst zur Seite geschoben hattest. Menschen sind an dir schuldig geworden. Haben dir Steine in den Weg gelegt, dich mit Worten verletzt und dir Schaden zugefügt. Aber gerade diese schmerzenden Momente gilt es auszupacken und loszuwerden. Ein altes Inselsprichwort lautet: Schwieriger als einen Gefangenen aus dem Gefängnis zu holen ist es, das Gefängnis aus dem Gefangenen zu holen. Überleg mal, wer die Last trägt, wenn du nachtragend bist!"

Konnte es sein, dass ich mich selbst in ein Gefängnis gesteckt hatte? Und war es tatsächlich möglich, mich jemals aus diesem Kerker zu befreien? Während Khalil mit mir sprach, erschienen einige Menschen vor meinem inneren Auge, die mich sehr verletzt hatten. Menschen, die mir gesagt hatten, dass ich nichts kann. Menschen, die mir durch überzogene Verbote die Möglichkeit nahmen, selbst Verantwortung für mein Leben zu übernehmen. Menschen, die mir aus eigener Unsicherheit ein völlig verzerrtes Bild eines grausamen Schöpfers einreden wollten. Menschen, die ... Ich versank schier in meinen unangenehmen Erinnerungen. Eine tiefe Trauer stieg in mir hoch. Schweigend starrte ich auf den Fluss und auch Khalil schwieg nun, er spürte wohl, dass mich seine Worte sehr angerührt hatten.

Als wir kurze Zeit später endlich in unserer Bucht ankamen, war die Dunkelheit schon längst über uns hereingebrochen. Der Mond schimmerte silbern über dem Meer und tauchte die Wellen in ein geheimnisvolles Licht. Ich ließ mich auf mein Lager fallen und schlief völlig erschöpft ein.

# Poloko

Du bist nun schon eine Woche hier. Das sollten wir feiern!", sagte Khalil am nächsten Morgen. Wir hatten den ganzen Tag faul in der Sonne gelegen. Ich war gut gelaunt und freute mich auf den Abend. „Ich lebe noch – das sollten wir feiern!", rief ich trotzig gegen den Wind. Überrascht nahm ich die Worte wahr, die ich da gerade gesagt hatte. Ungern erinnerte ich mich an den Tag, an dem ich auf dieser Insel angespült wurde – fühlte noch einmal die Schmerzen in meinem Körper, die innere Zerrissenheit, schämte mich und dachte an die Worte, die ich damals lebensmüde geflüstert hatte: „Gott, wenn es dich gibt – dann lass mich sterben!" Konnte es wirklich sein, dass dies alles erst wenige Tage her war? Ich ließ das Erlebte an mir vorüberziehen. Vielleicht hatte der Schöpfer mein Gebet tatsächlich erhört? Vielleicht war der alte Leon nun wirklich gestorben? Nach meiner Landung auf dieser geheimnisvollen Insel entdeckte ich fast jeden Tag neue Seiten an mir, einen neuen Leon – oder war es der echte Leon? Über vieles hatte ich zum ersten Mal in meinem Leben nachgedacht. Die letzten Tage waren sehr erlebnisreich. Wir waren auf den Vergeltungsfelsen gestiegen und hatten dort gemeinsam das wichtigste Gebot formuliert. Khalil hatte mir die seltsame Geschichte von den sieben Sünden erzählt – und gestern ein sehr sonderbares Geschenk gemacht. Doch all das schob ich jetzt zur Seite. Schließlich wollten wir feiern!

Khalil nahm unsere beiden Trinkgefäße, die er aus mächtigen Bambusröhren geschnitzt hatte, und goss eine durchsichtige Flüssigkeit ein.

„Was ist das?“, fragte ich skeptisch.

„Wir nennen es Poloko!“, sagte der Alte stolz. „Die Menschen auf der anderen Seite der Insel brauen es in rauen Mengen. Aber pass auf! Dieser Trank ist gefährlich!“, ermahnte er mich.

„Wieso trinkst du das Zeug dann?“, wollte ich wissen.

„Du weißt, was ‚Poloko‘ bedeutet?“, fragte mich Khalil.

Ich schüttelte den Kopf.

„Poloko bedeutet: *feurige Feier*. Man betont die letzte Silbe. Polo-*ko*! Sag es doch auch mal!“

„Polo-*ko*“, wiederholte ich zaghaft.

„Gut!“ Khalil klatschte begeistert in seine Hände. „Aber pass auf! Wenn du statt der letzten Silbe die erste betonst, also *Po*-loko sagst, heißt es *leichtes Vergessen*!“

Mir gefiel ehrlich gesagt beides. Gierig griff ich nach dem Becher. Doch Khalil zog ihn hastig von mir weg und mahnte: „Viele Menschen trinken Poloko, um sich nicht erinnern zu müssen. Die einen wollen ihre Schmerzen nicht mehr spüren, andere wollen vergessen, was sie getan haben, und wieder andere wissen einfach nichts mit ihrer Zeit anzufangen. Es gibt viele Dinge, die ein Mensch gerne verdrängen oder vergessen will. Aber besonders schlimm ist es, wenn ein Mensch vergisst, *wer* er ist.“

Ich hörte zwar Khalils Worte, aber sie erreichten nicht mein Herz und rüttelten nicht an meinem Gewissen. Hastig griff ich nach dem Becher. Wieder zog ihn Khalil weg.

„Willst du denn wirklich vergessen, wer du bist?", fragte er traurig und hob den Becher in die Höhe. „Sei vorsichtig! Wer davon trinkt, um zu vergessen, der beginnt sich selbst zu verlieren. Du selbst triffst die Entscheidung, warum du Poloko trinken willst. Ich warne dich! Dein Herz kann morgen voller Freude, aber auch voll von großer Trauer sein. Deine Seele kann genüsslich tanzen – und sie kann leer, blass und trübsinnig nach Lebenssinn hungern. Dann hast du dich selbst verloren und weißt nicht mehr, wer du bist!"

Ich hob die Hand, um Khalil in seinem Redefluss zu stoppen.

„Spar dir die Mühe, Khalil! Ich will doch überhaupt nicht mehr wissen, wer ich bin! Ich will vergessen, was ich getan habe! Ich will mich nicht erinnern, wozu ich, Leon, alles fähig bin."

Aber Khalil ließ sich nicht stoppen: „Wer sich vergisst, ist bald tot! Vielleicht stirbt nicht dein Körper. Aber der Kontakt zu deiner Seele, also zu dir selbst, stirbt immer mehr ab. Deine Seele kennt viele Wege, wie sie mit dir Kontakt aufnehmen will. Manche Menschen träumen in der Nacht, andere werden tagsüber von ihrer Seele gerufen. Man spricht dann auch vom ‚schlechten Gewissen', das einen Menschen umtreibt. Dabei ist das Gewissen gar nicht so schlecht wie sein Ruf. Es erinnert dich an die unaufgearbeiteten Dinge tief in dir. So arg es auch schmerzt, die Momente, in denen du versagt hast, eben nicht zu vergessen – so sehr brauchst du dich, um zu wissen, wer du bist und was du kannst. Manchmal helfen uns auch andere Menschen, damit wir uns erinnern können. Aber genug der großen Worte. Heute wollen wir feiern!"

Khalil sah mir tief in die Augen und reichte mir feierlich den Becher Poloko. „Auf unsere Freundschaft", sagte er und wir stießen mit unseren Bambusbechern auf diese neue zarte Pflanze an, die mir mitten in den Stürmen der letzten Wochen ein kleines Stück neuen Lebensmut geschenkt hatte.

Es wurde ein lustiger Abend. Wir lachten, sangen Lieder und erzählten uns komische Sachen.

„Dein Poloko ist fein!", lallte ich. Khalil hatte einen ebenso glasigen Blick wie ich und kicherte in sich hinein wie ein kleines Kind.

„Auf die Insel!" Ich hob meinen Becher und prostete Khalil zu.

„Auf die Insel!", salutierte er zurück.

„Auf unsere Freundschaft!", stimmte ich erneut an.

„Auf unsere Freundschaft!", erwiderte Khalil mit schwerer Zunge.

„Auf dass wir hier für immer bleiben dürfen!" Mit diesen Worten erhob ich ein drittes Mal meinen Becher.

Khalil stockte und kippte hastig den letzten Rest Poloko aus seinem Becher in den Sand.

„Du weißt nicht mehr, was du sprichst! Du beginnst zu vergessen! Siehst du, davor habe ich dich gewarnt!" Der Alte sprang auf, seine Augen glühten. Ohne einen Gutenacht-Gruß ließ er mich am Strand sitzen und verzog sich in seine Hütte.

Ich tastete in der Dunkelheit nach der letzten offenen Flasche. Sie war noch halb gefüllt. Ich kippte den Rest in mich hinein und machte mich auf eine Reise, an die ich mich schon am nächsten Morgen nicht mehr erinnern sollte.

# Wie ich vergaß, mich zu erinnern

Der nächste Tag war ein Graus. Mein Schädel brummte. „Nie wieder Poloko!", schimpfte ich, als Khalil mir einen Tee aus übelriechenden Kräutern an mein Bett brachte. Stöhnend drehte ich mich auf die andere Seite.

„Trink diesen Tee! Ich weiß, er schmeckt furchtbar. Aber so manchem poloko-erschütterten Körper hat dieser Trank wieder neues Leben eingehaucht."

Ich setzte mich auf und überlegte, ob sich das Gefühl in meinem Kopf eher nach einer Bulldozer-Überfahrt anfühlte oder nur einer gewöhnlichen Tonne Stahl glich, die sich auf meinem Kopf breit gemacht hatte. Wahrscheinlich war es ein Mix aus beidem. Was für ein Schmerz!

Ich nippte an dem Tee, verbrannte mir dabei kräftig den Mund und ließ mich wieder stöhnend auf meine Matte fallen. Khalil lachte und hielt sich dabei selbst den schmerzenden Kopf. Auch er hatte mit den Spätfolgen unseres Gelages zu kämpfen. Doch aus irgendeinem Grund schien er den gestrigen Abend besser wegstecken zu können als ich. Vielleicht war er einfach geübter im Polokotrinken?

Die gute Laune, die der Alte an diesem Morgen verbreitete, nervte mich gewaltig. Er hatte sich ein Bündel über die Schultern geworfen und verkündete, dass er nun heute den ganzen Tag alleine mit einer Inselwanderung verbringen würde. Seine Erklärung kam natürlich nicht ohne einen ausführlichen Vortrag darüber aus, wie wichtig es sei, sich auf dieser Insel auch einmal mit sich selbst zu beschäftigen. Zeiten der Stille und des Schweigens wären vonnöten, um die Melodie seines Herzens hören zu können. Ja, ich glaube, das wollte er mir damit sagen – oder vielleicht auch etwas ganz anderes? Ich weiß es wirklich nicht mehr so ganz genau, denn ich hörte ihm nur halbherzig zu.

Khalil packte einige Dinge für seinen Ausflug zusammen und ermahnte mich geschäftig: „Vergiss nicht: Du bist diese Woche mit Wasserholen dran! Unsere Vorräte gehen heute zur Neige und bis zu den Quellen ist es eine halbe Tageswanderung. Brich frühzeitig auf. Du weißt, ohne Wasser sind wir aufgeschmissen!“ Entschlossen warf er den Rucksack über seinen Rücken und stapfte leise vor sich hinmurmelnd davon. Bevor er ganz aus meinem Blickfeld verschwunden war, rief er noch einmal: „Vergiss das Wasser nicht!!“ Er winkte mir zum Abschied fröhlich zu.

„Lass mich in Ruhe!“, maulte ich, hielt mir die Ohren zu und drehte mich auf die andere Seite.

Von wegen Wasserholen! Heute würde ich den ganzen Tag nur schlafen. Einfach nur schlafen. Keine blöden Bergwanderungen, keine schlauen Vorträge, keine Zigarettenpapierweisheiten, kein ständiges In-der-Seele-Bohren. Heute hatte ich mal frei! Wieso sollte *ich* denn eigentlich Wasser holen? Khalil hatte doch bisher auch ohne mich auf der Insel überlebt. Wahrscheinlich war ich doch sowieso nur eine Last für ihn. Er brauchte mich doch gar nicht, konnte doch sowieso alles besser, wusste mehr als ich und hatte die besseren Handgriffe drauf. Im Gegensatz zu ihm hatte ich doch nichts zu geben. Ich war sogar zu dumm, um richtig aus meinem Leben zu flüchten. Ungern erinnerte ich mich an die Zeit im Büro. Mein Chef hatte immer neue Ideen, erklärte mir dann aber oft nur halb, wie ich die Dinge umsetzen sollte – nur, um mir dann am Schluss doch noch unter die Arme greifen zu müssen. Ich war es gewohnt, die Rolle des unvollkommenen Lehrlings zu übernehmen, dem man wie einem kleinen Kind jeden noch so kleinen Schritt erklären und vormachen musste – um es letztendlich doch selbst zu erledigen.

Sollten die Menschen das nur so von mir glauben. Bitteschön! Ich wusste ja, was ich konnte! Als ich vor einigen Jahren in meiner Firma anheuerte, begann ich meine Arbeit mit großem Elan. Ich machte freiwillig Überstunden, die ich nicht bezahlt bekam, nahm meine Arbeit mit ins Wochenende. Meine Frau motzte darüber und ich motzte zurück. Wer etwas im Leben werden will, der musste auch bereit sein, dafür Opfer zu bringen. Doch mein Boss tat so, als wäre mein Eifer selbstverständlich und meine selbstaufopfernde Arbeitsweise nur eine logische Konsequenz. Leidenschaftlich hielt er mir immer wieder meine Schwächen vor, protokollierte jeden meiner Fehler, notierte jede nichtgeleistete Überstunde – wenn ich ausnahmsweise einmal früher nach Hause ging, weil eines meiner Kinder Geburtstag hatte. Ständig nörgelte er an mir herum. Bis ich irgendwann begann, Dienst nach

Vorschrift zu machen. Ich kam zur festgelegten Uhrzeit zur Arbeit und ging pünktlich nach Hause. Freitagnachmittag ließ ich die unaufgearbeiteten Akten auf meinem Tisch liegen, anstatt sie zum Wochenendausflug der Familie mitzunehmen. Nach sieben Jahren in der Firma war ich nahezu unkündbar. Aber mein Job erfüllte mich nicht mehr. Ich arbeitete, um Geld zu verdienen, mehr nicht, und wurde dabei immer unzufriedener. Eines Morgens merkte ich, wie mein Körper mechanisch aufstehen wollte, um wie immer zur Arbeit zu gehen. Aber meine Seele, meine Leidenschaft, meine ganze Person – alles, was mich ausmachte – blieb einfach liegen.

Warum sollte ich mich auch mit ganzer Kraft noch länger in meinen Beruf investieren? Ich begriff: Wenn ich nun die Arbeit nicht mehr machen würde, dann würde sie einfach ein anderer übernehmen. Einer von den Jüngeren, der noch die Energie hatte, sich bis ganz oben hochzuarbeiten.

Bei mir zu Hause war es auch nicht anders. Meine Frau wusste alles besser. Wie man die Kinder richtig erzieht, wie man Ordnung im Haushalt schafft. Das traf mich hart. Ich bemühte mich doch so sehr! Ich war keiner von denen, die sich direkt nach der Arbeit mit einem Bier in der Hand vor der Mattscheibe berieseln ließen. Aber ich konnte es meiner Frau einfach nicht recht machen. Ständig schimpfte sie über das, was ich aus ihrer Sicht alles falsch machte. Irgendwann zog ich mich auch zu Hause immer mehr zurück. Natürlich war ich weiterhin anwesend. Aber nur körperlich. Täglich hörte ich mir das Gezeter an, doch innerlich hatte ich mich schon längst verabschiedet.

Ich ließ mich immer mehr hängen und gab schrittweise die Verantwortung für mein Leben ab. War ich mit Freunden unterwegs, ließ ich die anderen entscheiden. Ging es um die Wahl des Urlaubsortes, zuckte ich mit den Schultern, es war mir egal. Ich ließ meine Hobbys einschlafen, weil mir einfach die Leidenschaft dafür fehlte. Immer öfter spürte ich, wie ich mich innerlich aus meinem Leben verabschiedete. Aber ich fragte mich nie, was der eigentliche Grund dafür war. Ich dachte, die anderen, das Leben an sich – oder wer auch immer – meinten es halt nicht gut mit mir.

Hier auf der Insel wiederholte sich gerade, was ich seit Jahren erlebte. Ich hatte es tatsächlich geschafft, meine Sorgen und all das, was ich in den letzten Jahren erlebt hatte, zu vergessen. Endlich wurden die vielen Stimmen in mir leiser. Die Stimmen, die mich vor langer Zeit ehrgeizig und leidenschaftlich angetrieben hatten; die Stimmen, die mich irgendwann einmal aufgefordert hatten zu fliehen, und auch die gleichen Stimmen, die mich immer wieder an mein Versagen erinnerten. Endlich waren sie alle verstummt.

Ich nippte an dem inzwischen abgekühlten Tee. Er schmeckte kalt noch schlimmer, aber mit jedem Schluck gab er mir ein Stück Leben wieder. Die Kopfschmerzen ließen langsam nach. Ich drehte mich genüsslich um und empfand zum ersten Mal seit langer Zeit ein Gefühl, das nach Freiheit schmeckte. Niemand würde mich nun mehr an meine Geschichte erinnern, an all die sinnlosen Aufgaben, die ich zu erledigen hatte, an meine Fehler und

Schwächen – an mein altes Ich … herrlich! Mit diesem wunderbaren Gefühl döste ich in der warmen Mittagssonne ein.

# Das kostet Mut …

Es war später Nachmittag. Ich wurde wach, irgendetwas hatte mich geweckt. Angestrengt versuchte ich, den Störenfried ausfindig zu machen und lauschte forschend in die Stille. Da war es wieder – das Geräusch, das mich jäh aus meinen sanften Träumen geholt hatte: ein leises, weit entferntes Pfeifen kam immer näher. Ach, du Schreck! Das musste Khalil sein! Er kam schon wieder zurück und ich hatte kein Wasser geholt! Und für heute war es längst zu spät, noch aufzubrechen. Als der Alte das Lager erreicht hatte, sprang ich auf, stotterte unverständliche Worte, versuchte Ausreden zu finden, fand aber keine. Khalil ignorierte meinen Auftritt. „Setz dich!", sagte er freundlich und begann märchenhaft zu erzählen: „Ich weiß es noch ganz genau, so, als ob es erst gestern gewesen wäre. Einmal kam ein Mann auf die Insel und klagte mir, genau wie du, sein Leid. Er erzählte, was er Schlimmes getan hatte und weinte dann die ganze Nacht über seine Schuld. Ich konnte ihn kaum beruhigen. Er schluchzte wie ein kleines Kind in meinen Armen. Ich hielt ihn fest, strich ihm sachte über seinen Kopf. Bald hörte das Schluchzen auf und er wurde immer ruhiger. Ich wählte wärmende Worte, die ich wie heilende Kräuter zärtlich auf seine Seele legte." Noch vor Stunden war Khalil mir fremd und sonderlich vorgekommen. Jetzt war ich einfach nur fasziniert von seiner Art.

„Du bist ein ganz besonderer Mensch, Khalil!“, platzte es aus mir heraus. „Du schaffst es, Menschen zu helfen und den Kampf mit den dunklen Seiten ihrer Seele zu beenden.“

„Ganz im Gegenteil!“ Der Alte schüttelte seinen Kopf. „Warte ab, wie die Geschichte zu Ende geht.“ Doch statt weiterzureden, stand er bedächtig auf und ging in seine Hütte. Khalil hatte einen Riecher für solche Momente. Immer dann, wenn ich ihm förmlich an den Lippen hing, wenn mein Durst nach seinen Worten einem Wüstenwanderer glich und mein Innerstes alle Fensterläden geöffnet und die Vorhänge beiseitegezogen hatte, dann – dann machte er eine Pause. Warum nur? Wollte er einfach nur seine Macht ausspielen?

Ich unterdrückte den Drang aufzustehen, ihm nachzueilen, ihn festzuhalten und ihn zum Weitererzählen zu zwingen. Doch da tauchte er schon wieder am Eingang der Hütte auf. An seinen sehnigen, sonnengegerbten Armen baumelten zwei Behälter mit frischem Wasser. Er hatte also damit gerechnet, dass ich den ganzen Tag verschlafen und nicht meiner Pflicht nachkommen würde!

Schlaumeier, dachte ich, und war trotzdem froh, dass er uns beiden durch seine vorausschauende Art aus der Patsche geholfen hatte.

„Komm, sag schon, wie ging es weiter?“, drängelte ich und überspielte gekonnt meine Freude über das frische Wasser.

Khalil goss das kühle Nass in unsere Becher und nahm genüsslich einen Schluck, behielt ihn im Mund, so als wollte er einen guten Wein prüfen. Dann schluckte er, nickte wohlwollend, schnalzte mit der Zunge und stieß ein erfrischendes „Ahhh!" aus.

„Du bringst mich noch auf die Palme mit deiner Gelassenheit!", sagte ich zu ihm. Doch Khalil schien das nicht weiter zu stören. Seelenruhig goss er sich einen zweiten Becher ein. „Warum trinkst du nicht?", fragte er mich schelmisch grinsend. Doch ich wollte, nein, ich konnte keinen Schluck von dem Wasser trinken, das er für mich getragen hatte. Es wäre demütigend für mich gewesen – und genau das wollte der Alte doch sicher damit erreichen. Aber ich musste etwas trinken. Mich überkam eine tiefe Traurigkeit. Ich schämte mich so sehr. Ich hatte mich selbst vergessen und Khalil dafür die Schuld gegeben.

„Es tut mir leid ...", stammelte ich leise.

„Was?" Khalil tat, als wäre er gerade ganz woanders gewesen. „Hast du etwas gesagt?"

„Es tut mir leid!", wiederholte ich lauter. Fast schon zu laut.

Khalil schaute mich an. An seinem Gesicht sah ich, dass ihm die Frage „Was tut dir denn leid?" auf den Lippen brannte. Aber er schwieg, reichte mir einen Becher mit frischem Wasser und grinste: „Trink!"

Ich leerte den Becher mit einem Zug, schnalzte ebenso wie er mit der Zunge und fragte ihn erneut: „Wie ging es denn jetzt weiter? Konntest du dem Mann helfen?"

„Wie schon gesagt", antwortete Khalil. „Ich tröstete ihn und wollte in ihm neue Kräfte wecken. Aber es schien nichts zu helfen. Immer wieder klagte er sich selbst an und verfluchte, was er getan hatte. So ging das eine ganze Weile.

Ich versuchte, in ihm Verständnis für sich selbst zu wecken. Erklärte ihm, wie es aus meiner Sicht zu seiner schlimmen Tat kommen konnte, erinnerte ihn an die Umstände, seine holprige Lebensgeschichte, sein wackeliges Elternhaus. Würde man das alles zusammennehmen, wäre sein Verhalten noch nachvollziehbar – alles hatte doch so kommen müssen. Die eigentliche Schuld würde doch bei den anderen liegen und nicht beim ihm. So redete und redete ich auf ihn ein. Da sprang er plötzlich auf. Seine Augen glühten. Er stieß mich von sich und schrie mich an. Nein, sagte er, er hätte ein Recht darauf, für seine Schuld geradezustehen. Wenn er nur noch ein allerletztes Stück Würde besäße, hätte er die Freiheit und das Recht, jede Tat zu begehen – und auch dafür einzustehen. Diese Würde und Verantwortung dürfe ihm keiner nehmen – auch ich nicht!"

Ich schwieg.

Hatte Khalil nicht davon erzählt, dass man sich zuerst selbst verstehen lernen müsse? In meinem Herzen purzelten die Gedanken durcheinander. Eigentlich hatte der junge Mann doch recht. Ich hatte versucht, meine Verantwortung auf andere abzuwälzen. Aber leider war niemand da, den ich dafür hätte beschuldigen können.

„Khalil, es war hochmütig von mir, dir die Schuld in die Schuhe schieben zu wollen!"

Der Eremit schaute mir tief in die Augen und sagte nach einer kurzen Pause: „Hochmut ist ein gefährlicher Drahtseilakt!"

„Ja, und Hochmut kommt vor dem Fall!", sagte ich wissend und dachte dabei etwas wehmütig an meine Oma, die mir solche Lebensweisheiten immer in besonderen Momenten mit auf den Weg gegeben hatte.

Immer noch fixierte mich Khalil mit seinem Blick, und ich spürte, wie wichtig es für ihn war, mir das weiterzugeben, was er in den vielen Jahren seines Lebens erkannt hatte: „Es gibt nicht nur Liebe und Hass, nicht nur Stolz und Versagen. Es gibt nicht nur Hochmut oder sein sanftes Gegenüber, die Demut! Es gibt noch eine weitere wichtige Sache – und das ist der Mut."

Ich gab ihm recht. Es gehörte eine große Portion Mut dazu, sich selbst anzusehen. Wirklich mutige Menschen standen auch zu ihren Fehlern.

„Ich möchte mich bei dir dafür entschuldigen!", flüsterte ich, und dieses Mal meinte es auch mein Herz so, wie ich es sagte.

# Der Vergebungsfelsen

Eine frische Brise kam vom Meer herübergeweht und der Wind verfing sich in meinen Haaren. Ich merkte, wie sich mein ganzer Körper verspannte; ein Gedanke jagte den anderen. Das, was Khalil alles angesprochen hatte, war fast zu viel für mich. Die Sache mit der Schuld war wirklich ein schweres Thema. Ich wollte doch so gerne endlich einen Schlussstrich darunter ziehen!

„Was macht ihr hier auf der Insel, wenn ihr eure Schuld loswerden wollt?“, fragte ich Khalil und dachte dabei an meine Kinderzeit, in der wir regelmäßig zum Beichten mussten. Wenn wir den Priester ärgern wollten, erfanden wir die schlimmsten Taten. Gewonnen hatte derjenige, der den Geistlichen am meisten zum Schwitzen brachte. Doch heute war es mir sehr ernst. „Ich möchte endlich dieses blöde Schuldgefühl loswerden!“

„Schuldgefühle sind im Prinzip nichts Schlechtes!“, sagte Khalil. „Sie helfen dir, dein Versagen zu bedauern und spornen dich an, die Tat nicht zu wiederholen. Wer seine Schuld fühlen kann, der ist auch bereit, sich seiner Schuld zu stellen, und wenn es gut läuft, dafür auch um Entschuldigung zu bitten.“

„Trotzdem muss es doch auch einen Punkt geben, an dem ich dieses dumme Gefühl endlich einmal los bin!“, stammelte ich hilflos. Ich hatte einfach keine Kraft mehr, ständig all diese Lasten mit mir herumzutragen.

„Bevor du andere um Vergebung bittest, musst du erst einmal wissen, ob du dir deine Schuld auch selbst vergeben willst. Dann erst wird dich das alte Ritual wirklich entlasten!"

„Welches Ritual denn?", fragte ich und war plötzlich ganz hellhörig.

„Erinnerst du dich noch an den Vergeltungsfelsen?"

Ich erschrak. „Nein, Khalil, bitte nicht!"

Khalil lachte.

„Hör doch erst einmal zu! Es gibt noch einen anderen Ort auf der Insel. Wir nennen ihn den Vergebungsfelsen. Er liegt direkt gegenüber dem Vergeltungsfelsen. Man muss auf dem Weg in die Berge schon recht bald, an einer Weggabelung, die Entscheidung treffen, in welche Richtung man weitergeht. Die Alten erzählen sich, dass vor vielen Jahren der Schöpfer selbst auf die Scheiterinsel kam …" Khalil hatte wieder diesen geheimnisvollen Klang in seiner Stimme.

„Was? Er war hier? Der Schöpfer war auf dieser Insel? Aber das passt doch nicht!", protestierte ich. „Der Schöpfer ist allmächtig, groß und erhaben, weit weg und für uns unerreichbar. Er ist vollkommen und perfekt! Was will der Schöpfer denn auf einer Insel, auf der gescheiterte Existenzen gestrandet sind?!"

„Genauso wie du denken viele Menschen", sagte der Alte. „Aber die wenigsten kennen diese alte Geschichte. Noch heute bestaunen manche Leute diesen geheimen Ort, der an den Besuch erinnern soll. Viele wissen nichts von diesem Platz. Manche halten ihn für ein dummes Spektakel. Einige halten die Geschichte für ein Märchen, dem man lieber keinen Glauben schenken sollte. Die einen sagen, der Schöpfer hätte sich auf dem Vergebungsfelsen selbst geopfert. Andere sagen, das Heilsame für die Menschen liege darin, dass der Heilige sich dem Unheiligen ausgeliefert hat – der Allmächtige also ohnmächtig wurde – und so das Leid der Menschen mitgetragen hat."

Das war wirklich kaum zu glauben.

Khalil fuhr fort: „Einige Menschen ahnen, dass die Geschichte wahr sein könnte und besuchen die Insel und den Ort, an dem sich alles zugetragen haben soll."

Ich versuchte mir vorzustellen, wie der Schöpfer höchstpersönlich auf diese Insel kam, um sich aus purer Liebe die Hände schmutzig zu machen. Ein seltsamer Gedanke überkam mich: Das Schlechte wird gut, weil sich das Gute in das Schlechte hineinbegibt. Irgendwie faszinierte mich die Vorstellung.

„Und wie funktioniert nun dieses Ritual?", wollte ich neugierig wissen.

„Ganz oben auf dem Vergebungsfelsen gibt es eine Stelle, an der du bis hinunter ins Meer schauen kannst. Dort oben liegen große Steine, so groß, dass sie kaum einer anheben kann. Du nimmst dir einen davon und stemmst ihn über deinen Kopf. Dann blickst du hinauf zum Himmel und rufst laut ‚koehwa'. Auch das ist eine alte Überlieferung, die noch auf die Ureinwohner zurückgeht. Übersetzt heißt das Wort so viel wie ‚Hilf mir!' Und dann wirfst du den Stein hinunter in die Tiefe."

„Das ist alles? Aber irgendwann müssen doch alle Steine

aufgebraucht sein, oder nicht? Ich meine, wer trägt die denn alle wieder hoch?! Etwas mehr magischen Schnickschnack hatte ich mir irgendwie schon vorgestellt."

„Leider gibt es niemanden, der das tut …", antwortete Khalil traurig.

„Und wieso liegen dann trotzdem so viele Steine auf dem Gipfel?"

Khalil schaute mich ernst an. „Weil sich keiner traut, den ersten Stein zu werfen und das Ritual zu vollziehen. Die Steine machen großen Lärm, wenn man sie in die Schlucht schleudert. Wenn sie gegen die Felsen schlagen, hallt es grollend von den Wänden wider. Die Menschen fürchten den Krach, schämen sich und lassen es dann doch lieber sein."

Khalils Worte bohrten sich wie ein Pfeil tief in mein Herz. Eigentlich müssten sich doch alle Menschen freuen, wenn das Donnergrollen eines Steines zu hören war und einer seine große Last losgeworden war. In unserer Welt läuft so einiges schief, dachte ich. Wir bejubeln unsere Vorbilder, solange wir nichts von ihren Schwächen mitbekommen. Sobald unsere Idole aber ihre menschliche Seite zeigen, wollen wir nichts mehr von ihnen wissen. Es müssten doch eigentlich Orden an die vergeben werden, die öffentlich zu ihren Schwächen stehen! Aber das traut sich offenbar keiner.

„Ich will es trotzdem wagen!", sagte ich entschlossen, auch wenn mir dabei etwas mulmig zumute war. Ich spürte, dass ich diese Gelegenheit nun beim Schopf packen musste. Würde ich diesen Moment nicht nutzen und das Vorhaben aufschieben, hätte ich bis morgen schon genug Ausreden gefunden, um das Ritual doch nicht zu vollziehen. Alles würde beim Alten bleiben. Außerdem wollte ich Khalil zeigen, wie viel Mut ich besaß.

„Glaub nur nicht, dass du der Erste bist, der diesen Gipfel besteigt. Aber du bist einer der ganz wenigen, die sich das trauen. Aber wer es wagt, der stellt die verlorengegangene Verbindung zwischen Himmel und Erde wieder her!", verkündete Khalil und hatte dabei einen sonderbaren Glanz in seinen Augen.

Nun war ich mir ganz sicher. Ich wollte es wagen! Bei der nächsten Gelegenheit wollte ich auf den Berg steigen. Schon der Gedanke daran machte mich irgendwie ruhig. Ich hatte keine Angst mehr. Nicht vor mir, nicht vor meiner Vergangenheit und auch nicht vor meiner Zukunft. Was konnte mir schon passieren? Ich wollte dieses alte Ritual sobald wie möglich ausprobieren und beschloss: Sollte ich jemals wieder in mein altes Leben zurückkehren, dann musste ich die Sache in Ordnung bringen, egal, welche Konsequenzen das mit sich bringen würde.

Inzwischen war es Abend geworden … Die Gespräche mit Khalil gaben mir wieder viel Stoff zum Nachdenken. Er hatte eine ganz besondere Art, die Dinge zu sehen.

Was für ein wundervoller Tag! Ich lag auf dem Rücken im Sand und bestaunte die Sterne am Himmel. Im Traum tauchte Khalil vor mir auf. Er saß auf einer Schatztruhe und sagte immer wieder: „Du hast den Schatz fast gefunden! Du bist ganz nah dran! Hör nicht auf zu suchen! Egal, was passiert …"

# Lüge

Ich wurde sehr früh wach. Die Sonne warf ihre ersten Strahlen aufs Wasser. Der Horizont färbte sich violett, Vogelstimmen besangen den herannahenden Tag. Ich konnte plötzlich das Meer riechen. Eine sanfte Brise, der Geruch der Palmen zog an meiner Nase vorbei. In Gedanken war ich noch in meinem Traum. „Du bist ganz nah dran! Du hast den Schatz fast gefunden! Hör nicht auf zu suchen! Egal, was passiert ...!" Was sollte denn jetzt noch Schlimmes passieren? Ich war ein glücklicher Mensch. Gestern war einfach ein wundervoller Tag gewesen. So perfekt, dass ich beim Einschlafen ein banges Gefühl hatte, ob es mir nach dem Aufwachen wohl immer noch so gut gehen würde. Vielleicht war letztendlich doch alles nur eine Illusion, ein bildgewordener Wunsch meiner Seele? Wartete am Ende doch noch die große Enttäuschung auf mich? Mein Verstand blieb misstrauisch. Doch allen Zweifeln zum Trotz spürte ich in meinem Herzen immer noch diese wohltuende Leichtigkeit. Langsam glaubte ich wirklich, dass dieses Gefühl länger – vielleicht sogar für immer – anhalten würde.

Ich stand auf und wollte Khalil und mir ein ganz besonderes Frühstück bereiten. Eifrig sammelte ich wilde Beeren und arrangierte sie schön in einer hölzernen

Schale. Mit knallbunten Blütenblättern verzierte ich unseren Essplatz. Dann stapfte ich los, um Feuerholz zu holen. In mir erklang eine neue Melodie. Noch heute fällt es mir schwer, diesen wunderbaren Moment in Worte zu fassen. Zu glücklich war ich in diesem Augenblick, zu vollkommen erschien mir der Zustand meiner Seele. Verträumt summte ich vor mich hin, sammelte Zweig um Zweig und lud das Bündel auf meinen Rücken. Ich hatte schon mehr als genug gesammelt, als ich in einem kleinen Wäldchen einen ganzen Haufen perfektes Brennmaterial entdeckte. Überschwänglich ließ ich das bisher gesammelte Holz auf den Boden fallen. Khalil würde Augen machen, wenn er plötzlich einen großen Stapel Brennholz in unserem Lager entdecken würde! Freudig machte ich einen Plan: Ich würde zuerst den Haufen sortieren und dann alles nach und nach an unseren Strand bringen. Als ich die ersten beiden Stapel aufgeschichtet hatte, sah ich plötzlich eine große Holzplatte unter den Zweigen. Ich schob die Äste beiseite und zog das schwere Fundstück mit aller Kraft hervor. Schnaufend ließ ich die sperrige Platte auf den Boden fallen und rieb mir den schmerzenden Rücken. Wie war sie wohl hierhergekommen? Vielleicht war sie einmal der Deckel einer Seekiste und das Meer hatte sie vor vielen Jahren an den Strand gespült? Ich versuchte, die verblassten Buchstaben auf der Oberfläche zu entziffern. Schwierig. Das Schild war schon sehr verwittert. Neugierig wischte ich mit der Hand ein paar Erdkrumen beiseite, um die Zeichen besser entziffern zu können. Ein Wort wurde lesbar. Ich traute meinen Augen kaum.

Es war ein Name. Ich kannte ihn.

*Khalil.* Alles andere – vermutlich der Nachname – war zerkratzt, absolut unleserlich. Konnte das sein?

Wut stieg in mir auf. Khalil hatte mich angelogen!

Die ganze Zeit hatte er mich angelogen! Ich hatte mich ihm anvertraut. Hatte ihm mein Herz ausgeschüttet, ihm seine Geschichte geglaubt. Noch nie zuvor hatte ich einem Menschen so viel von mir erzählt. Und jetzt das! Mir stieg die Zornesröte ins Gesicht.

Schlagartig wurde es mir klar: Khalil war irgendwann, genauso wie ich, hier auf der Insel gestrandet! Und ich Idiot hatte ihm seine Geschichten und seine „Weisheiten" abgenommen. War das alles nur gelogen? Die „Legende vom Schattenschatz" letztendlich nur ein Märchen? Wie konnte ich nur so leichtgläubig sein! Ich hatte in ihm meinen großen Lehrer gesehen. Dabei war der Alte selbst gefangen auf der Insel, ein Gestrandeter, ein Gescheiterter – so wie ich!

Ich lief los. Das gesammelte Feuerholz blieb an Ort und Stelle zurück. Ich brauchte beide Hände, um den schweren Deckel der Seekiste zu greifen und ihn in unser Lager zu schleifen.

„Warte nur, du neunmalkluges Eremitenbürschchen! Dir werde ich die Ohren langziehen!", schimpfte ich laut vor mich hin. Ich glühte vor Zorn. Mit jedem Schritt, der mich unserer Bucht näher brachte, steigerte sich meine Wut über Khalils Lüge. „Warte nur … ich werde dich in Stücke reißen, du elender …!"

# Wut

Endlich hatte ich mein Ziel erreicht. Khalil saß gedankenverloren am Strand und schaute auf die Wellen. Noch bevor er sich zu mir umdrehen konnte, polterte ich los: „Es kotzt mich an!", schrie ich ihm ins Gesicht. „Du bist ein elender Lügner!" Ich versuchte, den Deckel der Seekiste in seine Richtung zu schleudern. Doch der Alte blickte nur kurz auf, blieb ruhig sitzen und lächelte, was mich erst recht auf die Palme brachte. Ich stampfte wutentbrannt mit dem Fuß auf, schrie und trat gegen den selbstgezimmerten Stuhl, auf dem er saß. Khalil taumelte, kippte um und flog in den Sand.

Ich lief davon.

Völlig außer Atem blieb ich einige hundert Meter von unseren Hütten entfernt stehen und schrie mir die Wut aus dem Bauch. Das tat gut! Ich hörte nicht auf, lief weiter und schrie, schrie und rannte, immer weiter den Strand entlang. Erschöpft ließ ich mich auf den Boden sinken, starrte auf das Wasser und blieb, beinahe regungslos, dort viele Stunden sitzen. Erst, als es zu dämmern begann, kehrte ich, aus Angst vor wilden Tieren, in unser Lager zurück.

Khalil saß schweigend vor seiner Hütte am Feuer.

„Es tut mir leid", sagte ich. Ich atmete tief durch. „So geht es mir zu Hause auch immer wieder. Ich verliere oft die Beherrschung – aber ich hasse diese Wut in mir, die so oft völlig unkontrolliert aus mir herausschießt!" Wieder stieg in mir der Zorn hoch und ich hasste mich im selben Moment für meinen Gefühlsausbruch. „Wie mich das alles anekelt!", schrie ich.

Khalil schüttelte schweigend den Kopf. Als ich mich nach einiger Zeit wieder beruhigt hatte, sagte er: „Deine Wut ist ein großes Geschenk. Wer wütend sein kann, der hat aus dem graugrieseligen Tal der Gleichgültigkeit herausgefunden. Ich habe viele Menschen gesehen, die nicht in der Lage waren, ihrer Wut freien Lauf zu lassen. Das macht auf Dauer krank!"

Trotz meiner Enttäuschung fand ich Khalil – ob als ein gewöhnlicher Schiffbrüchiger oder weiser Inseleremit– auf jeden Fall einen ganz besonderen Menschen. Er hatte mit dem, was er sagte, wieder einmal recht. Auch mich nervten diese ewig sanftmütigen Menschen, die keiner Fliege etwas zuleide tun konnten, immer nur lächelten, alles toll fanden und scheinbar immer Herr der Lage waren.

„Ja!", stimmte ich ihm zu. „Die Wut ist gar nicht so schlecht, wie man es ihr immer nachsagt", philosophierte ich. „Oder sagen wir eher: die Wurzel der Wut. Wer die Wut in sich fühlt und Dampf ablassen kann, der nimmt sich selbst ernst."

Ich fühlte, wie der Zorn erneut wild wütend bei mir anklopfte und überlegte, ob ich ihm nicht doch noch einmal die Tür öffnen sollte.

Khalil blickte zu mir herüber. „Man sagt aber auch: Menschen werden blind vor Wut. Dann hat das Böse gesiegt. Dann wird die Wut zerstörerisch und gemein."

„Ich möchte nicht, dass meine Wut unsere Freundschaft zerstört", platzte es aus mir heraus. In mir wurde es ruhiger. „Leon", sagte der Alte leise und wartete, bis ich ihm in die Augen sah. „Ich glaube, es ist an der Zeit, dass ich dich um Vergebung bitte. Ich habe durch meine Lüge unsere Freundschaft aufs Spiel gesetzt. Es tut mir leid!"

Er reichte mir die Hand und ich nahm sie zaghaft lächelnd an. Es tat mir gut, dass nun auch Khalil endlich einmal Schwäche gezeigt hatte. Immer hatte ich bis jetzt die Rolle des Gescheiterten, immer war ich der Lernende. Nun war die Situation eine völlig andere.

Meine Neugierde war geweckt: „Aber jetzt musst du mir wirklich erzählen, wie du auf die Insel gekommen bist!", drängte ich Khalil. „Und wage es nur nicht, mir auszuweichen!", schickte ich mit drohendem Zeigefinger hinterher.

Khalil war niemand, der sich unter Druck setzen lassen würde. Und doch begann er nun, seine Geschichte zu erzählen: von seiner langen Reise, seinem Lebensweg voller Wut und Enttäuschungen, missbrauchtem Vertrauen und zerbrochenen Freundschaften. Ich war erstaunt, wie gelassen er von diesen tiefen Verletzungen erzählte.

„Und wieso kehrst du nicht wieder in dein altes Leben zurück?", wollte ich wissen.

„Für mich ist es zu spät", seufzte Khalil. „Aber du bist noch jung! Du kannst das Steuer deines Lebensschiffes noch herumreißen."

„Das glaube ich nicht, Khalil!", protestierte ich. „Es gibt kein zu spät! Ein Neuanfang lohnt sich immer! Komm mit, Khalil, lass uns gemeinsam von der Insel verschwinden."

Doch sein Blick schweifte in die Ferne. Ich war wieder der Schüler und er der Lehrer. Khalil, der sich für wenige Momente angreifbar gemacht hatte, war schon längst wieder weit weg. Eine große Welle schwappte um unsere Füße und spülte Sand zwischen unsere Zehen.

Was auch immer ihn hier hielt – es musste eine sehr starke Anziehungskraft haben.

Ich stand auf und ging zu meiner Hütte. Ich war müde. Der Tag hatte mich unendlich viel Kraft gekostet. Morgen würde es anstrengend werden: Khalil wollte mit mir zum Vergebungsfelsen aufbrechen, um dort das alte Ritual zu vollziehen. Es würde eine lange, anstrengende Wanderung werden. Aber ich freute mich darauf.

# Neid trägt kein schönes Kleid

Es wurde eine kurze Nacht. Der Streit mit Khalil und seine Geschichte wirkten nach. Ich grübelte, träumte schlecht und machte kaum ein Auge zu. Wir hatten gestern beide viele Federn gelassen.

Mühsam stapften wir jetzt den schmalen Bergpfad entlang. Khalil hatte ein Buschmesser dabei und schlug uns den zugewachsenen Weg frei.

„Warum hat mich deine Lüge gestern so auf die Palme gebracht?", fragte ich Khalil während einer kurzen Pause. „In meiner Arbeit ist das normalerweise an der Tagesordnung! Die Leute belügen sich ständig und schmieren sich die scheußlichsten Unwahrheiten um die Ohren. Eigentlich bin ich so etwas doch gewohnt."

„Warum glaubst du, lügen Menschen?", fragte Khalil zurück. Inzwischen schien er fest davon überzeugt zu sein, dass ich mir sehr wohl auch selbst Antworten auf meine Fragen geben konnte.

„Ich glaube, wir haben Angst davor, andere zu verletzen. Wenn wir den anderen mögen, dann umso mehr. Mit dieser Haltung richten wir bei den Menschen, die wir lieben, einen noch größeren Schaden an, als bei denen, die wir nicht besonders mögen."

Khalil nickte anerkennend.

„Ich glaube, du hast mich idealisiert, ohne es zu wollen. So etwas geschieht sehr schnell. Man sieht ständig in seinen eigenen Abgrund hinein. Je dunkler es in einem aussieht, umso heller erscheinen die Menschen um einen herum. Aber glaub mir", sagte Khalil, „jeder kämpft mit seinem eigenen Scheitern!"

Ich stimmte ihm zu. „Weißt du, ich wollte immer ein anderer sein. Manchmal hat mich der Neid schier zerfressen!" Ich hielt inne. „Aber inzwischen glaube ich, dass der Neid einem Menschen auch die Augen für das Schöne und Gute im anderen öffnen kann."

Khalil nickte und fing plötzlich an, mir einen Reim aus seinen Kindertagen vorzusingen:

*Pass auf was dein Herz antreibt.*
*Neid trägt kein schönes Kleid.*
*Neid trägt kein schönes Kleid.*

Ein gutes Bild, fand ich. Und vor allem wahr! Wen der Neid blind gemacht hatte, dem zog er einen alten, braunen Sack über sein eigenes buntes Kleid. Dann sah man nur noch die Schönheit des anderen.

„Natürlich war ich auch auf dich neidisch!", gab ich zu. „Du hast immer lebensweise Worte parat. Ich habe in dir meinen unfehlbaren Retter gesehen."

Khalil schüttelte den Kopf: „Wenn wir glauben, wir könnten einen anderen Menschen retten, steckt dahinter leider oft nur Hochmut. Manchmal braucht es nur einen Menschen, der die richtigen Fragen stellt. Ich bin da ein schlechtes Beispiel, ich rede oft viel zu viel." Khalil wusste nur zu gut, wie gern er seine Weisheiten zum Besten gab. – In diesem Moment spürte ich überhaupt nichts mehr von seiner Überheblichkeit, die ich in den letzten Tagen so oft empfunden hatte.

Wir gingen weiter. Plötzlich wehte ein kalter Wind um die Felswände. Je höher wir stiegen, desto heftiger wurden wir durchgeschüttelt. Wir stemmten uns gegen die Sturmböen, hielten uns aneinander fest, um nicht vom Berg geweht zu werden.

# Die Gabe der Unterscheidung

Endlich waren wir auf dem Gipfel angekommen. Vor uns lag der Vergebungsfelsen. Über uns brauten sich dunkle Wolken zusammen, Blitze zuckten über unseren Köpfen und der kurz darauf folgende Donner war ohrenbetäubend.

„So ist das ...", brüllte Khalil gegen den Sturm an, „... wenn das Ewige das Zeitliche berührt. Es ist ein Kampf! Die Seele des Menschen schützt sich vor diesen Momenten, weil sie Angst hat, sich verletzlich zu machen."

Ich tastete mich am Felsen entlang, bis ich den Rand der Schlucht erreicht hatte. Dort lag ein großer Haufen Steine. Ich nahm einen großen Brocken, hob ihn weit über meinen Kopf und blickte zum Himmel. Das Gewitter hatte bedrohliche Ausmaße erreicht. Laut schrie ich „koehwa! Hilf mir!" – die alten Worte des Vergebungsrituals – gegen die dunklen Wolken an und warf mit voller Wucht den Stein in den Abgrund. Auch Khalil nahm einen schweren Stein, schrie gegen den Wind an und warf den Felsbrocken in die Schlucht, der laut donnernd ins Tal polterte. Als wäre der Kampf nun ausgefochten, legte sich im gleichen Moment der Sturm und ein einzelner Sonnenstrahl schien leuchtend in den Abgrund. Khalil strahlte mich an. Wir umarmten uns. Der Wind trieb die Wolken davon und nach wenigen Minuten war der Himmel über uns wieder tiefblau, als wäre nichts gewesen.

„Wie fühlt man sich als freier Mann?“, fragte mich Khalil.

Ich lächelte ihn an. „Mein Herz ist leicht.“

„Jetzt wird es Zeit, das Leben in vollen Zügen zu genießen!“, jubilierte der Alte.

„Pack deine zweite Chance beim Schopf und mach das Beste daraus! Du bist frei! Ab heute wird dir dein Leben gelingen und nichts Schlechtes wird mehr in deinem Leben sein.“ Khalil war außer sich vor Freude.

„Aber der Schatten gehört doch auch zu mir!“, protestierte ich. „Das bin doch auch ich!“

„Gratuliere!“, sagte Khalil mit einem versöhnenden Lächeln. „Du hast den Schatz gefunden!“

„Wie?“, fragte ich ungläubig und war mir sicher, dass Khalil mich auf den Arm nehmen wollte.

„Du hast den Schatz gefunden!“, wiederholte er mit fester Stimme. „Du trägst den Schatz schon lange mit dir herum, ohne es zu ahnen!“

„Was?“, rief ich enttäuscht. „Das ist nicht dein Ernst!“ Ich hatte mit allem gerechnet, mich darauf eingestellt, auf eine alte Schatztruhe in einer verlassenen Höhle zu stoßen. Von Gold und Silber hatte ich geträumt, von wertvollen Dingen, die ich meiner Frau als Wiedergutmachung mit nach Hause gebracht hätte. Aber nichts dergleichen. Ich zeigte Khalil meine leeren Hände: „Wo siehst du hier bitte einen Schatz?“

Er lachte. Gedanklich immer einen Schritt voraus zu sein – das liebte er.

„Erinnerst du dich noch an den Korb mit den Erdklumpen oder an den Vergeltungsfelsen? Weißt du noch, wie wir zwei verschiedene Wege gegangen sind und du selbst Verantwortung für dich übernommen hast? Das waren alles wichtige Schritte. Aber jetzt hast du den wahren Schatz in dir entdeckt. Er gehört zu dir. Ein Mensch, der entdeckt, dass auch das Schlechte und Traurige zu seinem Lebensweg dazugehört, ist ein reicher Mann. Er kann sich wieder freuen und lernen, seine Erfolge und seine Enttäuschungen, seine Siege und Niederlagen, die hellen Stunden des Glücks und die dunklen Täler der Trauer anzunehmen und gleichsam auszuhalten. Merkst du, wie du dich hier auf der Insel verändert hast? Siehst du, dass du plötzlich angefangen hast, auf die Stimme in dir zu hören, dich als wertvolles Geschöpf zu sehen – und so deinem Schöpfer dankbar wurdest? Du kamst mit vielen Fragen auf die Insel. Aber die Antwort war schon immer da. Heute hast du den Schattenschatz endgültig gehoben! Gratuliere!"

Ich war glücklich – trotz meiner Enttäuschung über den Schatz, den ich mir so ganz anders vorgestellt hatte. Was ich jetzt gefunden hatte, war viel wertvoller als Gold und Silber!

Und noch etwas. Was hatte Khalil gesagt? „Nicht nur das, was du gut kannst, ist ein Teil davon. Auch das, was du nicht kannst, gehört zu dir. Bewahre es. Schaue es immer wieder an. Bestaune es, denn dein Schatten ist ein wesentlicher Teil von dir. Wenn du ihn versteckst, dann bekommt er zu viel Macht über dich und richtet in dir und anderen Schaden an!"

Diese Worte berührten mich tief.

„Aber mein Leben bestimme ich doch nicht nur selbst! Da gibt es doch auch vieles um mich herum, das ich gar nicht steuern kann!", gab ich zu bedenken. In mir waren immer noch Zweifel. Ich dachte an die vielen anderen Menschen, die mein Handeln im Guten wie im Schlechten beeinflussten.

„Das stimmt ...", sagte Khalil, „... das Leben erscheint manchmal wie ein großes leeres Buch, mit vielen weißen Seiten. Du willst es gestalten, mit deinen Lieblingsfarben anmalen und dich an den schönen Bildern freuen. Doch es kommt ganz anders! Während du dich beim Malen auf ein Bild sorgfältig konzentrierst, verwischst du mit deinem Arm die Farben auf der anderen Seite. Deine Hand wird zittrig, du hast vielleicht Angst es zu verpatzen, du verlierst die Geduld, das Bild misslingt. In der Hektik fällt sogar der Farbkasten um und fließt über dein Gemälde. Dazu kommt: Gerade wenn du dir deiner Stärken bewusst bist, passieren manchmal die größten Fehler."

Ich war noch mitten in Gedanken, da unterbrach mich Khalil: „Ich wünsche dir die Weisheit, von nun an gut unterscheiden zu lernen. Manche Dinge im Leben gilt es anzugehen. Dafür brauchen wir gute Begleiter, die uns mit Fragen, mit Rat und Tat zur Seite stehen. Vieles schlummert in dir selbst, wartet darauf, freigelegt zu werden – wie die Erdklumpen. Auch die dunklen Seiten, die Steine, die scheinbar zu wenig nütze sind, gehören zu deiner Person. Du kannst sie nicht aus deinem Leben verbannen. Nimm auch deine Schattenseiten dankbar an!" Plötzlich wurde er ganz unruhig: „Es wird Zeit, dass du deine Sachen packst und nach Hause zurückkehrst! Morgen kommt ein Flugzeug und wird dich abholen."

„Woher weißt du das?", fragte ich erstaunt. Ich hatte in seiner Hütte nie ein Funkgerät oder Ähnliches gesehen.

Khalil lachte. „Jeden Tag landen hier Flugzeuge. Du konntest sie bisher nur nicht sehen. Für jeden gestrandeten Inselbewohner gibt es immer wieder eine Chance, ins Leben zurückzukehren. Aber wer sich nicht auf die Suche nach dem verborgenen Schatz macht, bleibt blind für das Wesentliche. Jetzt ist eine neue Zeit für dich angebrochen – du hast gelernt, die Welt mit anderen Augen zu sehen."

Das mit den Flugzeugen hätte mir mal einer früher sagen sollen. Vielleicht wäre ich dann viel früher von der Insel wieder abgehauen – vielleicht aber auch „zu früh"? Ich hätte mich einfach aus der Verantwortung gestohlen. Mir würden die vielen Entdeckungen, die ich mit Khalil gemacht hatte, fehlen! Es braucht im Leben wohl Zeiten, denen man nicht einfach entfliehen kann …

# Khalils Wanderstab soll mich erinnern

Während wir sprachen, waren wir bergab gegangen. Erstaunt stellte ich fest, wie nah wir schon unserem Strand gekommen waren. Der Berg mit dem Vergebungsfelsen lag hoch über uns. War das, was sich dort oben ereignet hatte, wirklich geschehen? Ich konnte es kaum glauben. Und heute sollte wirklich mein letzter Tag auf der Insel sein?

„Ich habe kein Abschiedsgeschenk für dich", sagte ich traurig zu Khalil. Wir waren inzwischen fast bei unseren Hütten angelangt. „Das kommt alles so plötzlich."

„Ich brauche kein Geschenk", beruhigte mich Khalil. „Du hast mich in den letzten Tagen mit deiner Anwesenheit genug beschenkt. Sieh nur, was wir alles gemeinsam erlebt haben. Dabei ist viel Neues entstanden. Sichtbares und Unsichtbares. Du hast mit deiner Anwesenheit mein Leben reich gemacht."

„Und du willst wirklich hier auf der Insel bleiben?", fragte ich ihn und sah ihm dabei tief in die Augen. Doch Khalil schaute verlegen zu Boden und kramte dabei geschäftig in seinen Taschen.

Als ich meine wenigen Habseligkeiten zusammengesammelt hatte, setzte ich mich allein an den Strand. Khalil kam nach einer Weile nach und ließ sich leise neben mir in den Sand fallen. Langsam verabschiedete sich die Sonne und tauchte als glutroter Feuerball in den Ozean. In den letzten Tagen hatten wir fast jeden Abend dieses Naturschauspiel gemeinsam bewundert. Doch heute erlebte ich diesen Sonnenuntergang besonders intensiv. Ich wusste, dieser Abend würde mein letzter auf der Insel sein. Nie wieder würde ich bei diescr grandiosen Vorstellung in der ersten Reihe sitzen. Nie mehr würde ich an diesem Strand die berauschende Symphonie des Meeres, den Chor aus stetem Auf und Ab der Wellen und dem Geschrei der Möwen erleben. Und vielleicht würde ich mich auch nie wieder so intensiv von einem Menschen über mein Leben befragen lassen …

Es wurde Zeit aufzubrechen. Und dieses Aufbrechen bedeutete nun auch, Abschied von Khalil zu nehmen. Mich überkam eine tiefe Trauer. Nie zuvor hatte ich einen Menschen so nah an mich herangelassen. Ich bereute es fast, schon jetzt den Schatz gefunden zu haben. Aber gleichzeitig freute ich mich auch, wieder nach Hause zu kommen, in meine gewohnte Umgebung, zurück in mein Leben. Was würden die anderen nach meiner Rückkehr zu mir sagen? Konnte ich nach all dem, was ich hier auf der Insel erlebt hatte, noch der starke Mann sein, den meine Frau immer in mir sehen wollte? Konnte ich nach meiner Flucht überhaupt jemals wieder ein Vater sein, den seine Kinder ernst nahmen? Einer, bei dem sie Schutz und Geborgenheit suchten – und fanden? Was würden meine Arbeitskollegen, mein Chef, meine Freunde, unsere Nachbarn sagen, wenn ich plötzlich wieder in der Tür stand?

Ich schämte mich immer noch für meine Flucht. Schiffbruch – das hörte sich nicht nach einem Gewinner an ... eher nach einem totalen Versager. Vielleicht sollte ich doch lieber hier auf der Insel bleiben? Hier würde mich keiner mehr nach meiner Vergangenheit fragen. Ich bekam Angst. Khalil spürte meine Unsicherheit.

„Ich finde es gar nicht peinlich oder schlimm, auf dieser Insel zu landen!", sagte der Alte und blickte versonnen auf das Meer. „Ich kenne einige, die schon ein gutes Dutzend Male hier gelandet sind. Manche kommen immer wieder. Ich könnte schon meine Sanduhr nach ihnen stellen!" Khalil musste über seine Worte schmunzeln. „Kentern ist nicht tragisch. Schlimm ist es nur, wenn ..."

Er unterbrach sich selbst.

„Sieh nur die Delfine – siehst du, wie sie springen? Ich liebe dieses Schauspiel!"

Wir schwiegen.

Am liebsten hätte ich nachgehakt, hätte Khalil unverblümt gefragt, was ihn denn hier auf der Insel hielt. Aber ich ahnte, dass das wenig Erfolg haben würde. Ich war auch viel zu sehr mit mir selbst beschäftigt, um mich auf so ein Gespräch einlassen zu können. Meine Gedanken kreisten um mein Zuhause. Wie würde es dort wohl sein? Wie wird man mich empfangen? Ich fürchtete mich davor, wie ich mich immer gefürchtet hatte, etwas Neues anzufangen.

„Khalil, ich habe Angst!" Mein ganzer Körper begann zu zittern und ich stammelte kleinlaut vor mich hin: „An diesem Ort habe ich so viel über mich gelernt wie noch nie zuvor! Aber woher weiß ich, dass ich mein Wissen auch bei mir zu Hause, in meiner Familie, in der Arbeit umsetzen kann?" Ich sah Khalil an, wie ein kleines Kind, das fest davon überzeugt ist, sein Vater könnte mit nur einem Fingerschnippen die ganze Welt bezwingen.

Der Alte legte mir beruhigend die Hand auf die Schulter und sagte: „Viele Menschen haben Angst vor der Angst. Sie sehen in ihr einen zerstörerischen Feind, der alles um sich herum kaputt macht, Menschen lähmt und sie in die Knie zwingt. Aber eigentlich ist die Angst unser Freund und sehr nützlich. Die Angst schützt uns davor, von einer großen Mauer zu springen, sie bewahrt uns, bei Rot über die Ampel zu gehen. Ohne die Angst gäbe es viel mehr Unfälle auf dieser Welt. – Aber vielleicht fürchten sich die Menschen vor der Angst, weil sie immer dann, wenn sie kommt, an Unfälle und traurige Begebenheiten erinnert werden."

Ich unterbrach ihn. „Hätte ich mehr Angst gehabt, wäre ich vielleicht nie von Zuhause geflohen und über das große Meer gesegelt. Dann hätte ich mich aber vielleicht aus Angst vor dem Unbekannten in mir selbst verkrochen. Aber ich habe es gewagt und bin dabei fast draufgegangen. Ich bin gekentert, gescheitert – wurde hier angespült. Aber ich habe mich wieder aufgerafft. Dank deiner Hilfe habe ich entdeckt, worauf es ankommt. Doch jetzt merke ich, wie mich die Angst verfolgt. Ich fürchte mich davor, dass ich wieder scheitern könnte!"

Khalil nickte mir freundlich zu und sagte: „Vielleicht wirst du eines Tages wieder auf dieser Insel landen. Das kann durchaus sein. Wer einmal hier war, ist trotzdem nicht sicher davor, aufs Neue Schiffbruch zu erleiden."

Der Alte stand auf und holte seinen Wanderstab. „Hier, für dich! Ich schenke ihn dir!", sagte er und drückte mir den knorrigen Stecken in die Hand.

„Was soll ich damit?"

„Er wird dich an die Insel und an unsere gemeinsame Zeit erinnern. So wird die Angst nicht länger dein Feind bleiben. Im Gegenteil. Schau einmal genau hin!" Khalil zog das Stockende an sich heran und strich sanft über die drei Steine, die in das Holzstück eingearbeitet waren. Einer funkelte geheimnisvoller als der andere. Khalil war fasziniert vom Spiel, drehte den Stab in der Sonne und konnte sich an dem Lichterspiel nicht sattsehen.

„Immer, wenn es dunkel wird, wenn du Angst bekommst, wenn du zu scheitern drohst oder wenn du wieder einmal gescheitert bist, beginnen die Steine für dich zu leuchten. Halte sie gegen die Sonne und du wirst sehen, wie sie ihre Kraft entfalten. Jeder dieser Steine hat eine andere Bedeutung. Der erste Stein sagt dir: *Ich bin frei!* Frei von Zwängen, frei von falschen Idealen. Niemand kann dir vorschreiben, was du zu tun hast. Niemand kann dich mehr anklagen – auch du selbst nicht. Erinnere dich an den Vergebungsfelsen. Denk daran zurück, wie du den schweren Stein ins Tal geworfen hast. Du bist wirklich frei. Die Gnade ist entscheidend. Gnade heißt: du darfst noch mal von vorne anfangen. Du bekommst eine zweite Chance. Aber die Gnade wird dir nichts bringen, wenn du glaubst, dass du durch sie alles tun und lassen kannst, was du willst! Denk an das größte Gebot, das wir gemeinsam über alle anderen Gebote geschrieben haben: ‚Jeder achte und liebe den anderen wie sich selbst. In Verantwortung vor dem Schöpfer!' Wer eine zweite Chance hat, der hat auch eine Verantwortung mit auf den Weg bekommen.

Der zweite Stein erinnert dich an das, was dich ausmacht: *Ich weiß, wer ich bin!* Dein Name ist etwas ganz Besonderes. Du bist einzigartig. Einzigartig mit deiner Geschichte. Einzigartig mit all deinen Gaben und Fähigkeiten. Einzigartig mit deinen Verletzungen und Wunden. Einzigartig in deinem Aussehen, mit deinen Wünschen und Träumen. Du hast hoffentlich nicht vergessen, was dein Name bedeutet?"

„Natürlich nicht! Leon heißt Löwe!", sagte ich ein wenig stolz.

Khalil pfiff durch die Zähne. Und ich wusste, was nun kommen würde. Khalil trommelte mit seinen imaginären Raubtierpfoten gegen seine Brust und stieß einen furchteinflößenden Schrei aus. Ich lachte.

Ach, wie sehr ich Khalil vermissen würde!

„Leon heißt aber auch: ‚der Löwenstarke'!" Khalil ließ sich den Klang dieser Worte auf der Zunge zergehen. „Leon, ich glaube, du bist wirklich ein starker Mensch! Du hast Mut bewiesen! Du bist geflohen – auch wenn es falsch war. Aber wie viele Menschen bleiben einfach zu Hause sitzen und fliehen nur in ihren Gedanken! Du aber hast ganze Sache gemacht. Der gleiche Mut hat dich auch dazu gebracht, hier auf der Insel nicht vor dir selbst zu fliehen, sondern dich mit deiner Situation auseinanderzusetzen, auch wenn das ein harter Kampf für dich war. Gratuliere, Leon, der Löwe!“

Ich merkte, wie mein Gesicht rot wurde.

„Aber dein Name ist auch eine Erinnerung“, ergänzte Khalil. „Du bist stark! Vergiss das nicht, wenn die Versuchung an deine Haustür klopft.“

Ich schwieg. Langsam hatten wir wirklich genug über mich geredet. „Was bedeutet eigentlich dein Name, Khalil? Er klingt wie aus einem fremden Land!“

„Mein Name kommt von weit her“, sagte der Alte. „Khalil bedeutet ‚Freund‘ oder ‚Wegbegleiter‘.“

„Du bist mir wirklich zu einem Freund geworden.“, stimmte ich Khalil zu. „Du machst deinem Namen alle Ehre! Ich würde mir wünschen, dass du mich auch weiterhin begleitest!“

Während ich sprach, sah ich Khalil tief in die Augen. Irgendwie hatte ich die Hoffnung noch nicht aufgegeben. Wie sehr hätte ich mir gewünscht, mit ihm die Insel zu verlassen!

„Du gibst nicht auf, du bist ein beharrlicher Kämpfer!“, lachte der Eremit und seine weißen langen Barthaare hüpften auf seiner Brust.

„Pass auf, dass du nicht überheblich wirst! Gerade die Menschen, die so mutig sind wie du, gehen oft mit erhobenem Haupt von der Insel. Sie wissen um ihre Stärken und ihre Schwächen. Sie wissen, wo sie versagt haben, aber auch, was sie Gutes bewegen können. Mach dir nicht zu viel vor! Gerade dann, wenn du dich zu sehr auf deine Stärken verlässt, werden sie dir zum Fallstrick werden. Überwinde das Böse immer wieder mit Gutem. Beides steckt in dir und kämpft gegeneinander. Dieser Kampf wird nie aufhören. Aber selbst wenn du wieder scheitern wirst: Vergiss niemals den dritten Stein. Ohne ihn wirst du dich zu stark fühlen – und scheitern!“

Khalil hob erneut seinen Wanderstab, hielt ihn gegen die Sonne, und mir schien es, als würde dieser Stein noch mehr funkeln als die anderen beiden. Khalil erklärte: „Der dritte Stein möchte, dass du dir immer wieder bewusst wirst, dass du kein Einzelkämpfer bist. Dass du sagen kannst: *Ich bin nicht allein!* Wenn du diese Insel verlässt, dann gehst du nicht alleine. Du gehörst dem Schöpfer. Er hat dich erdacht und dich so geschaffen, wie du bist. Er liebt dich mit allen deinen Stärken und Schwächen. Und er verspricht, dich niemals und unter keinen Umständen zu verlassen. Es ist sehr wichtig, dass du dich daran immer wieder erinnerst. Manchmal fällt es uns Menschen schwer, an den Schöpfer zu denken – oder überhaupt an ihn zu glauben. Wie auch, noch hat ihn von uns keiner gesehen. Wir wissen nur aus den alten Erzählungen, dass er vor langer Zeit diese Erde besucht hat. Erinnere dich daran, wenn dich die Angst vor der Einsamkeit oder dem Versagen wieder einmal befällt.“

Khalil deutete noch einmal nacheinander auf die drei Steine und wiederholte die Sätze:

*Ich bin frei!*
*Ich weiß, wer ich bin!*
*Ich bin nicht allein!*

Er gab mir den Stab. Ich hielt ihn in die Sonne, drehte ihn und bewunderte das funkelnde Farbenspiel. Ich bin frei. Ich weiß, wer ich bin. Ich bin nicht allein. Diese Worte machten mir Mut.

Der Alte sprach weiter: „Hör auf deine Sehnsucht. Deine Sehnsucht ist der letzte kleine Verbindungsfaden zum Schöpfer, egal, wo du bist. Über deine Sehnsucht hält er Kontakt zu dir, auch wenn dir seine Stimme manchmal ganz leise erscheint. Und noch etwas ..." – Khalils Stimme klang jetzt anders – „... wenn Menschen von der ‚Scheiterinsel' kommen, dann reden sie sehr ungern darüber. Wer nicht spricht – der vergisst. Du weißt wie schnell man etwas vergisst, wenn man nicht darüber redet. Deine Erfahrungen der letzten Tage, die Gespräche, die Gedanken und letztendlich auch das Wissen über deinen Schattenschatz werden mit der Zeit immer blasser werden. Der Stab soll Dir eine Hilfe sein, dich immer wieder zu erinnern. Suche auch den Kontakt zu Menschen, die schon einmal hier auf der Insel waren. Es befreit, wenn du über deine Tage auf der Insel sprechen kannst, ohne dich dafür schämen zu müssen. Kämpfe gegen das Vergessen. Denk daran, die meisten Menschen, denen du begegnest, waren schon hier auf der Insel, auch wenn sie das vielleicht verschweigen oder leugnen. Wenn du aber genau hinhörst, wirst du es an ihren Worten und Gesten merken. Ich habe gehört, dass sich immer mehr Menschen treffen, um über ihre Inselerlebnisse zu sprechen. Sie möchten den alten Schatz, den der Schöpfer in sie hineingelegt hat, am Leben erhalten oder ihn neu zum Leben erwecken. Natürlich gibt es darunter auch viele Scharlatane. Menschen, die dir davon erzählen, wie sie Kontakt zum Schöpfer aufgenommen haben, ohne sich selbst zu begegnen. Hüte dich vor ihnen. Sie sind gefährlich! Wer den Schöpfer sucht, kommt nicht an sich selbst vorbei! So schmerzhaft das vielleicht auch sein mag!"

Das klang alles sehr einleuchtend. Und doch war es für mich jetzt irgendwie zu viel. Ich wollte meine Inselgeschichte bald aufschreiben, um andere an diesem Erlebnis, an meinen Erfahrungen und meinem neu gewonnenen Wissen teilhaben zu lassen. Vielleicht würden dann ja weniger Menschen auf dieser Insel landen? Oder sie wären ehrlicher und würden eingestehen, dass sie schon einmal hier waren?

Ich schaute in den Nachthimmel und hing meinen Gedanken nach. Langsam wurde es mir immer klarer: Mein Scheitern hatte tatsächlich einen Sinn. Oft waren es meine Niederlagen, die mir das Wesentliche des Lebens zeigten. „In den Ruinen unseres Daseins wird der Blick frei für den Himmel." Wie recht Khalil doch hatte! Wie oft öffnen uns erst die tiefsten und dunkelsten Täler die Augen für das Wesentliche. Ich hatte scheinbar alles verloren – und doch so viel gefunden.

# Ein Blick zurück

Den letzten Abend wollten wir miteinander feiern. Khalil holte eine Flasche Poloko und füllte die Becher. Wir tranken und ließen die letzten Tage noch einmal an unseren Herzen vorüberziehen. Jede einzelne Begebenheit verschmolz mit allen anderen zu einem großen, bunten Bild. Manches war immer noch furchterregend, anderes atemberaubend schön. Ängstliche kleine Pinselstriche gab es genauso wie Risse in der Leinwand. Große abstrakte Farbkleckse nahmen sich selbstbewusst Raum, andere tanzten auf dem Bild wie filigrane Blümchen und Schmetterlinge. Momente der Verzweiflung standen neben Augenblicken, in denen ich wieder neue Hoffnung schöpfte. Die Bilder reihten sich vor meinem inneren Auge aneinander: Meine Flucht, der große Sturm und der Moment, in dem mir Khalil zu trinken gab, als ich völlig erschöpft an den Strand der Insel gespült wurde. Der gemeinsame Hüttenbau, die Legende vom Schattenschatz, von der mir Khalil erzählt hatte, die verschiedenen Ausflüge und Erkundungen. Ich erinnerte mich an die vielen kleinen Tafeln auf dem Berg, an den Moment, als Khalil und ich das neue Gesetz formulierten. Ich musste schmunzeln, als ich mich daran erinnerte, wie wir auf dem Rückweg ins Tal beide meinten, den richtigen Weg zu kennen.

Es war für mich eine wichtige Erkenntnis gewesen: Der richtige Weg entsteht, indem ich ihn gehe.

Mit der Zeit schaffte ich es, die Erlebnisse für mich in eine stimmige Reihenfolge zu bringen und sie wie Perlen auf einer Schnur aufzufädeln.

„Jetzt fangen die guten Zeiten an!", prostete ich Khalil zu.

„Was sind gute Zeiten?", fragte er mich und blickte mir dabei tief in die Augen.

„Sind denn nur die guten Zeiten ‚gute Zeiten'? Oder dürfen auch die schlechten Zeiten in der Rückschau gute Zeiten sein?"

Das stimmt, dachte ich mir. Über manches in unserer kurzen gemeinsamen Zeit musste ich lachen, im Blick zurück schmerzten selbst die schwierigsten Erfahrungen nicht mehr so sehr. Sie halfen mir, wertvolle Erkenntnisse zu sammeln. Wäre ich nicht durch diese dunklen Stunden gegangen, dann wäre ich nicht der Leon, der ich jetzt war.

„Genieße deshalb jeden Moment, denn nichts bleibt für immer!", mahnte Khalil. „Freu dich, wenn es für dich gut läuft. Atme deine Erfolge tief ein. Genieße die schönen Stunden und ermutigenden Begegnungen. Halte die sonnigen Momente in deinem Herzen fest. Denn du weißt selbst: Keine Lebensbiografie kommt ohne Ecken und Kanten aus! Du findest auf jedem Lebensweg Brüche und Scherben. Und erinnere dich gerade in diesen Momenten: Du bist nicht allein! Höre auf die Stimme deiner Sehnsucht. Schau dir selbst in die Augen und halte dich an deinen eigenen Schätzen fest. So kann der Schöpfer aus dem größten Scherbenhaufen deines Lebens das schönste Mosaik entstehen lassen."

Der Vergleich mit dem Mosaik gefiel mir. Ich wollte es mir merken. Dankbar dachte ich daran, was erst durch mein Scheitern in mir heilen durfte.

Khalil redete weiter, aber ich hörte die Worte nicht mehr. In mir fing gerade das schönste Mosaikfenster, das ich in meinem ganzen Leben gesehen hatte, an zu leuchten. Ich begriff, dass selbst aus den schlimmsten Taten und größten Verletzungen Gutes entstehen konnte. Das – und nur das – konnte meine kleine und vielleicht auch die große Welt wieder gesund werden lassen. Mir stiegen Tränen in die Augen. Beschämt drehte ich mich von dem Alten weg und sah auf das Meer.

„Schäm dich nicht für deine Tränen!“, sagte Khalil. „Weinen ist eine hohe Kunst! Als Kind sagt man dir: Indianer weinen nicht! Dabei tut das Knie nach dem Sturz wirklich verdammt weh und das kaputte Spielzeugauto ist wirklich ein herber Verlust. Du willst natürlich keine Heulsuse sein und verkneifst dir den Schmerz. Als Erwachsener verbietest du dir dann selbst zu weinen. Dabei sind Tränen wie wertvolle Perlen. Sammle sie wie kostbaren Schmuck. Wer weinen kann, ist ein reicher Mann. Du kannst die Dinge, die dich traurig machen, wie Edelsteine in einen Tresor legen. Nimm sie von Zeit zu Zeit heraus und betrachte sie. Es wird dir helfen, ihren Wert immer wieder neu zu entdecken.“

Khalils Worte ließen in mir endgültig alle Dämme brechen und aus meiner Seele floss ein lange angestauter Sturzbach. Ich kam mir vor wie eine frisch gegrabene Quelle, aus der zuerst aller Dreck und alle Traurigkeit herausgespült werden mussten, bevor das klare Wasser sprudeln konnte und aus meinen Tränen Freudentränen wurden. Ich war glücklich.

Der Mond warf ein gleißendes Licht auf das Wasser, und mir kam es so vor, als ob die Sterne über mir tanzten. Ich zog mich in meine Hütte zurück. Ein letztes Mal kuschelte ich mich in das weiche Stroh und schlief auch schon bald ein.

# Abschied

Da war er nun, der Tag, auf den ich mich schon seit vielen Stunden ängstlich gefreut hatte. Ich wusste, heute hieß es Abschied nehmen. Von Khalil, von der Insel, aber auch ein Stück von mir – oder sollte ich vielleicht eher sagen, vom „alten Leon“? Ein Abschied von falschen, Kräfte raubenden Vorstellungen, die ich ein Leben lang mit mir herumgetragen hatte.

Heute würde ich nun endlich zurückkehren in meine alte Welt. Ich hatte so vieles verloren, vielleicht sogar alles, wovon ich ein Leben lang geträumt hatte. Aber ich hatte auch so viel Neues gewonnen – letztendlich sogar mich selbst. Ich wusste nun, wer ich wirklich bin, schämte mich nicht mehr wegen meiner Schuld. Eines Tages würde ich aufrichtig zurückblicken und wissen, jede dieser Stunden hatte ihren Sinn – jedes tiefe Tal, jeder Bruch und jede Scherbe war ein wichtiger Teil meiner eigenen Geschichte.

„Hinfallen kann jeder – das gehört zum Leben dazu!“, hatte Khalil gesagt. Ich hatte etwas vorlaut und mit erhobenem Zeigefinger ergänzt: „Ja, nur liegen bleiben ist eine ganz schlimme Sache!“

„Nein!“, hatte Khalil gesagt, und ich glaube, er wählte bewusst ein ernstes, einfaches Nein – statt unseres spielerischen „Ralsch!“ –, um damit auszudrücken, wie ernst es ihm um diese Frage war.

„Nein, Leon, verurteile nicht andere Menschen, denen die Kraft zum Aufstehen fehlt. Es ist immer wieder ein Wunder, wenn jemand hinfällt und trotzdem wieder aufstehen kann! Die wirkliche Gefahr besteht darin, anderen dafür die Schuld zu geben – den Umständen, den Menschen, der Geschichte …“ Er stand vor dem großen Holzstoß, den wir am Strand aufgeschichtet hatten, warf mit Schwung noch einige Äste in die Flammen und sprach weiter: „Du weißt, es gehört zu deiner Würde als Mensch, für dein Handeln die Verantwortung zu tragen. Du selbst bist dein Handeln! Es liegt an dir, ob du deine Schätze, die in der Tiefe liegen, hebst oder ob du weiterhin nur neidisch auf andere blickst. Wer stets so sein will, wie die anderen, wird immer wieder scheitern.“

Die Flammen stießen fauchend in den Himmel. Die Rauchsäule musste weithin sichtbar sein. Khalil hatte zwei Steine vom Strand aufgehoben. Und ich ahnte, was er mir damit sagen wollte.

„Ein Mensch kann nicht unendlich viel tragen!“ Er musste fast schreien, so laut prasselte das Feuer. „Manche Steine erweisen sich später als nutzlos. Andere als wertvolle Diamanten. Die Last meiner Vergangenheit und die Geschenke, die der Schöpfer in mich hineingelegt hat. Wir Menschen meinen beides voneinander trennen zu müssen. Manche Erdklumpen haben wir lange, sozusagen ungewaschen, im Gepäck und vermögen sie kaum zu tragen. Man kann nicht alles auf einmal ansehen. Einiges braucht Zeit, anderes Erfahrung. Manchen nutzlosen Stein hätte ich vielleicht schon längst achtlos von mir geworfen, ohne zu ahnen, welchen Wert er für mich einmal haben könnte. Doch den eigentlichen Schatz in unserem Gepäck können wir oft nicht sehen."

Khalil musste nicht weitersprechen. Es war alles gesagt. Ich hatte den Schatz der Insel bereits gehoben, meinen „Schattenschatz".

Als das Wasserflugzeug abhob und mit einem großen Bogen um die Insel flog, sah ich noch einmal von oben die langgezogene Bucht, in der Khalils Hütte stand. Man konnte ihre Umrisse unter den Palmen gerade so erkennen. Auch Khalil konnte ich sehen. Er stand oben auf dem Vergebungsfelsen und winkte mit den Armen. Wie war er nur so schnell dort hoch gekommen?!

Er wollte mir bei unserem Abschied nicht in die Augen sehen, hatte er gesagt. War es wirklich nur der Abschiedsschmerz, vor dem er sich drückte? Würde Khalil jemals selbst die Insel verlassen? Meine Gedanken schwirrten in meinem Kopf wie ein Schwarm aufgescheuchter Möwen. Was wohl zu Hause auf mich wartete? Vor allem wer? Würden meine Frau, meine Kinder, meine Freunde, mein Chef den neuen, veränderten Leon akzeptieren? Was für eine Geschichte! Eigentlich unglaublich. Aber sie ist wahr – und sie ist meine Geschichte. Ich gehe zurück in mein Leben. Aufrecht. Und das nicht allein.

Ich schlief ein, das monotone Brummen der Motoren und meine Müdigkeit hatten ihr Übriges getan. Als das Flugzeug die Wolkendecke durchbrach und die Insel unter uns verschwand, wurde ich heftig durchgeschüttelt. Ich erwachte und wusste nicht, wo ich war. Alles sah völlig verändert aus. Das Innere des Flugzeugs hatte sich komplett verwandelt, der ratternde Motor war verstummt und um mich herum war es windstill und ruhig. Erstaunt nahm ich die neue Umgebung wahr, die mir dennoch sehr vertraut schien. Ich drehte mich zur Seite und sah meine Frau schlafend neben mir liegen.

So, wie jeden Morgen.

Aber irgendetwas war an diesem Morgen anders. Eben nicht so, wie jeden Morgen ...

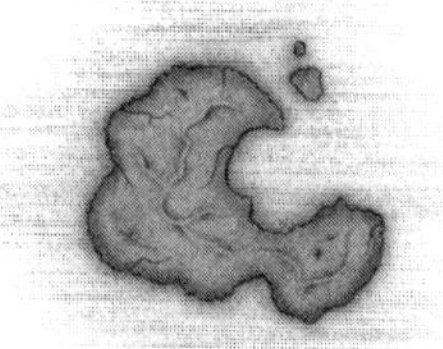

# Vita

ANDI WEISS

Seine Begeisterung ist ansteckend. Auf rund 100 Konzerten und Veranstaltungen pro Jahr ist der Songwriter und Geschichtenschreiber unterwegs. Die andere Hälfte seiner Zeit arbeitet er als Diakon in einer Gemeinde. Viele kennen ihn aus Radiosendungen oder den ZDF-Fernseh-Gottesdiensten. Auch als Buchautor hat er sich bereits einen Namen gemacht. Von der renommierten Hanns-Seidel-Stiftung wurde er mit dem „Nachwuchspreis für Songpoeten" ausgezeichnet. „Inseltage" ist sein erstes modernes Märchen.

Mehr Informationen über den Autor und Künstler finden Sie unter www.andi-weiss.de.

Andi Weiss engagiert sich für die Hilfsorganisation Opportunity International (www.oid.org).

Verlagsgruppe Random House FSC-DEU-0100
Das FSC®-zertifizierte Papier *Munken Premium Cream* für dieses Buch lieferte Arctic Paper Munkedals AB, Schweden.



1. Auflage Februar 2012
Bestell-Nr. 814 258
ISBN 978-3-942208-58-1

Umschlaggestaltung: Hanni Plato
Satz: Marcellini Media GmbH, Wetzlar
Druck und Verarbeitung: CPI Moravia